QUEREM NOS CALAR

MEL DUARTE (org.)

QUEREM NOS CALAR

poemas para serem lidos em voz alta

Planeta

Preparação: Bruna Beber
Revisão: Thais Rimkus e Renata Lopes Del Nero
Projeto gráfico e diagramação: Jussara Fino
Ilustrações de capa e miolo: Lela Brandão
Capa: Departamento de criação da Editora Planeta do Brasil

NOTA DA EDITORA
Querem nos calar é um projeto que preza pela força da oralidade e pela potência da palavra falada. O estilo de fala e escrita das poetas foi incorporado ao máximo no texto final, e plurais e singulares orquestrados livremente fazem parte da lírica das autoras, tendo sido, portanto, preservados.

DADOS INTERNACIONAIS DE CATALOGAÇÃO NA PUBLICAÇÃO (CIP)
ANGÉLICA ILACQUA CRB-8/7057

Querem nos calar: poemas para serem lidos em voz alta / Mel Duarte (org.) ; ilustrações de Lela Brandão. -- São Paulo: Planeta do Brasil, 2019.
224 p. : il.

ISBN: 978-85-422-1595-3

1. Poesia brasileira 2. Mulheres - Poesia 3. Feminismo - Poesia 4. Poesia I. Duarte, Mel II. Brandão, Lela

19-0593 CDD B869.1

2019
Todos os direitos desta edição reservados à
Editora Planeta do Brasil Ltda.
Bela Cintra, 986 - 4° andar - Consolação
01415-002 - São Paulo-SP
www.planetadelivros.com.br
faleconosco@editoraplaneta.com.br

Para as mulheres, a poesia não é um luxo. É uma necessidade vital de nossa existência. Ela dá forma à qualidade da luz sob a qual baseamos nossas esperanças e sonhos em direção à sobrevivência e à mudança, primeiro transformados em linguagem, depois em ideia, então em ação mais tangível. A poesia é a maneira pela qual ajudamos a dar nome ao inominado, para que possa ser pensado. Os horizontes mais longínquos de nossas esperanças e medos são calçados por nossos poemas, esculpidos na aventura pedregosa de nossas vidas diárias.

Audre Lorde

MEL
DUARTE

Apresentação

ROMPENDO O SILÊNCIO ATRAVÉS DA POESIA FALADA

por Mel Duarte

Metal algum pode cavar mais do que a pá da palavra.
Hilda Hilst

A poesia falada nada mais é do que uma herança cultural, uma memória deixada em nossos genes por quem nos antecedeu. A oralidade era utilizada como forma de manter os costumes e crenças vivos, desde a Grécia Antiga, passando pelos trovadores provençais e os *griots*, e desde então vem sendo inserida em diversos movimentos como o beatnik, o dos direitos civis e a afirmação negra norte-americana, chegando aos poetas de rua, aos saraus e, hoje, aos slams.

A cada geração, adapta-se a utilização da palavra para contar sua história, deixar o seu legado e isso, no contexto atual, nos permite romper com um ciclo de mulheres silenciadas e compartilhar nossa visão de mundo numa sociedade patriarcal que quer nos limitar a todo momento e que, desde o começo dos tempos, dita a disposição de nossos corpos e de nossas falas.

Este livro tem como intenção trazer à tona o poder da poesia falada pela ótica das mulheres que sempre estiveram presentes na história apesar de pouco divulgadas. Aqui estão quinze representantes das cinco regiões do Brasil: representando o Norte temos Anna Suav e Bor Blue; o Centro-Oeste, Danielle Almeida e Meimei Bastos; o Nordeste, Bell Puã e Negafya; o Sudeste, Laura Conceição, Letícia Brito, Luiza Romão, Luz Ribeiro, Dall Farra, Mariana Felix, Roberta Estrela D'Alva, Ryane Leão; e o Sul, Cristal Rocha. Com suas palavras e presença dentro dos slams, essas mulheres mudaram o conceito de poesia, tirando-a do pedestal hegemônico pelo qual sempre nos foi apresentada e provando que a escrita e a fala de uma mulher podem mudar padrões sociais e servir de ferramentas para a construção de uma nova dialética.

Num país com a quinta maior taxa de feminicídio do mundo, onde mais de dez mulheres são assassinadas por dia, só não enxerga a importância desse avanço para nós quem sempre teve sua voz ouvida e propagada.

Quando nós, mulheres, escrevemos, partilhamos nossas perspectivas de existência, e saudamos as que vieram antes, buscando incentivar as que aqui estão e visando novas eras para as que virão depois, deixando à mostra nossas alternativas de sobrevivência.

Mas o que é esse tal de slam e como essas mulheres chegaram até aqui?

O *poetry slam* (batalha de poesia) teve início na década de 1980, em Chicago, nos Estados Unidos, com o poeta Marc Smith, mas foi pelas mãos de uma mulher, Roberta Estrela D'Alva, que o movimento chegou ao Brasil, especificamente na cidade de São Paulo, em 2008. Foi quando Roberta, juntamente com o coletivo Núcleo Bartolomeu de Depoimentos, criou o "ZAP! Zona Autônoma da Palavra", surgindo assim o primeiro slam brasileiro.

Com o surgimento do ZAP!, poetas que já frequentavam a cena dos saraus paulistanos encontraram mais um lugar onde sua arte pudesse ser vista e ouvida, onde seus corpos pudessem se expressar. Ainda hoje as regras gerais para participar de um slam seguem as mesmas, com pequenas variações: são necessários três poemas de autoria própria que serão declamados durante rodadas eliminatórias, podendo ter até três minutos cada; não são permitidos adereços, figurinos nem acompanhamento musical, e as notas, de zero a dez, são dadas por um júri popular.

O termo *"spoken word"* (palavra falada) foi apresentado a essa geração, a mesma que hoje o entende como uma profissão. São os chamados slammers, artistas que competem nessa modalidade e que declamam seus textos acompanhados de performances.

O slam é um espaço poético-político, democrático, que tem como principal conceito a liberdade de expressão, fazendo do livre diálogo uma ferramenta para a construção de novos horizontes. E, para além de um espaço de fala, é também um convite à escuta.

Aos poucos esse movimento foi tomando força e hoje, onze anos depois de sua chegada ao Brasil, o *poetry slam* já alcançou pelo menos 18 dos 26 estados do país, sendo que oito deles possuem um recorte feminino, ou seja, onde só mulheres (héteras, lésbicas, bis ou trans) podem batalhar.

A importância em se criar um slam com essa configuração é histórica, pois a sociedade que vivemos nos cria para obedecer sem questionar, para os afazeres domésticos, para a subserviência, mas não para nos posicionar, para sermos propositoras, para subir num palco e pegar um microfone, e quando assim fazemos, somos interrompidas, desvalorizadas. Dessa forma, nós crescemos com o peso do silenciamento, mas logo entendemos que, se não há espaços que nos valorizam, nós devemos criá-los.

Não foi uma tarefa fácil selecionar apenas quinze nomes dentre as muitas representantes que temos hoje na poesia falada, e eu desejo que este livro abra espaço para debatermos sobre essa cena e desperte outros projetos a fim de contemplar nossa vasta representatividade. O que prezamos aqui é a identidade de fala de cada participante, a poética regional e a estrutura de linguagem.

Hoje, aos 30 anos de idade, sendo 13 deles dedicados à palavra e acompanhando o crescimento das mulheres dentro da poesia, me sinto honrada em dizer que sou contemporânea das minhas heroínas!

CONCEIÇÃO EVARISTO

PREFÁCIO

por Conceição Evaristo

não serei anônima [...] toda mulher que fala é invencível.
Ryane Leão

Apresentar um livro é sempre uma tarefa perigosa, pois uma apresentação pode resvalar em profundos enganos. Ou ainda se tornar um exercício desconcertante, enfadonho, se não houver uma empatia com a escrita que está sendo apresentada. Mas não é esse o caso desta apresentação, ao contrário. Como apresentar um texto em que a leitura me seduz e aprofunda o meu desejo de escrever um rap? Portanto, não componho aqui uma apresentação da antologia *Querem nos calar: poemas para serem lidos em voz alta*, mas uma tentativa de falar junto com as autoras dos poemas. Ao compor este texto, me coloco apenas como uma leitora que encontra, nas vozes desta coletânea, um lugar em que as falas de outras mulheres, assim como a minha, se compactuam, se encontram no que está dito, no que está escrito. As nossas falas de mulheres e notadamente a das mulheres negras podem ser agregadas como refrão às vozes desta antologia. *Querem nos calar: poemas para serem lidos em voz alta* é uma escrita em confronto ao silenciamento que buscam impingir sobre nós.

Tudo na antologia comemora a posse da palavra em consonância com a posse do corpo-mulher, em sua autodescrição. E nesse ato se afirma a mulher que se nomeia, a que fala e que por isso se torna invencível, como nos diz **Ryane Leão**, em um de seus poemas. Outro ato de posse se concretiza como um gesto de insurreição. A publicação da antologia que coloca em destaque a escrita de 15 mulheres, que ousam assinalar um terreno, cuja posse é marcadamente dos homens. Afirma-se aqui a ousadia de vozes de mulheres. "Na rua tem arte/Nos muros tem arte/Tudo é arte", proclama **Danielle Almeida**. E segundo a compreensão de **Luiza Romão** a "poesia é mais que denúncia é revide". Pode ser apreendida a mesma proposição de que a palavra pode se converter em instrumento de luta individual e coletiva, nos versos de **Negafya**, quando se lê: "vamos usar a nossa arma/ que é a palavra". Em consonância com as vozes anteriores, **Mariana Felix** diz: "Eu quebro ele é na palavra/ Eu ando armada/ Da melhor arma". **Bor Blue** também está convencida do poder da palavra como forma de enfrentamento e conquista, ao escrever "Eu pego a caneta, tu pega arma, eu conquisto na palavra e tu dispara..."

Fazer da criação poética instrumento de proposição de luta começa pelo próprio não uso da norma da língua. Conscientemente a "norma certa", como advogam os puristas, é confrontada, esfacelada, "agredida". Há uma escolha conscienciosa por uma forma de linguagem, a qual tenho chamado de "gramática do cotidiano", isto é: o expressar que surge da comunicação inventada, gestada, gerida no meio do povo. Surge então nos poemas, uma língua dinamizada por uma fala que precisa e busca expor as incertezas, as injustiças, os enfrentamentos do dia a dia do povo. Uma linguagem para contar em versos, as mazelas, as incertezas e também para celebrar as alegrias de quem tem pouco ou nenhum espaço para dizer. Por isso são criações em que se enxugam as palavras, conscientemente. Singularizam artigos que acompanham substantivos plurais, dispensam as desinências verbais nas mais variadas construções, mas todas sabem que as dores, o andar na corda bamba, são situações vivenciais de múltiplos sujeitos. A intenção de garantir uma "gramática do cotidiano" aparece nos versos de **Bell Puã**, que questionam as regras da língua. "eles querem que/ eu use língua formal/ e muitas metáforas/ que eu jogue o jogo da vida/ com suas táticas/ fazer rap?"

Apropriar-se da língua escrita para registrar uma performance fundamentada na oralidade é também revisitar a história de uma língua imposta... Por isso **Luz Ribeiro** escreve: "eu tenho uma língua solta/ que não me deixa esquecer/ que cada palavra minha/ é resquício da colonização”. **Meimei Bastos** nos recorda do que não foi escrito e do que não foi e é dito, que pode ser lido e colhido nas entrelinhas. Tudo é verbo. Tudo é palavra. Ela diz: “há coisas nas entrelinhas/ que não foram escritas/ nem lidas/ mas são verbos/ é preciso lutar.”

Não só uma “gramática do cotidiano” está na base da criação poética da maioria dos textos que compõem a antologia. Figuras e situações comuns aparecem como desenhos no interior dos poemas. Imagens que denunciam o jogo estético e ideológico buscado como inspiração. Uma mulher portando uma sacola é uma visão comum na ambiência de uma comunidade pobre, embora não somente ali. **Laura Conceição**, dizendo de sua própria criação, enuncia que: “trouxe versos na sacola”. Criadora e imagem criada se confundem.

Buscando uma linguagem, ritmada a partir de seus intentos e desejos, de suas tensões, apaziguamentos e gozos da linguagem, as poetas se afirmam em seus ofícios de corpo, voz e escrita. Na construção de seus poemas afiançam a certeza de uma lírica própria. **Anna Suav** afirma que “Aonde uma preta chega, tudo certo, é tudo nosso”. **Cristal Rocha** se reconhece como alguém que “nasceu dependente lírica”. **Dall Farra** se coloca como alguém que tem a escrita na veia, ao dizer que de tudo que ela escreveu tudo “sangra até agora”. A poesia se constitui como algo a perseguir, a buscar em suas vidas, ora como indagações, ora como certezas. Com **Letícia Brito** apesar da aridez dos tempos, nos rejubilamos, pois ela garante que a poesia ainda está com ela, ao escrever: “a poesia ainda me toca”. **Roberta Estrela D’Alva** tendo como mote os vocábulos “adeus” e a expressão “a Deus” assim como os termos “vós” e “voz” institui um instigante jogo semântico, em uma de suas criações. A poeta e slammer conclui que duvidar de sua voz seria também duvidar da existência de Deus. A voz poética teria uma função demiúrgica?

Sigamos, façamos das vozes presentes na antologia *Querem nos calar: poemas para serem lidos em voz alta* cânticos de coragem, senhas amorosas, signos de encontros umas com as outras.

ANNA SUAV

São novos ciclos e tudo faz parte da mudança
Da coragem necessária que me falta nessa dança
Na contagem do tempo há saudades da sincronia
Perdi o compasso, o passo, a rima
Naturalizando a podação
Fui cortando parte por parte, me vi chão
Daqueles ora seco, ora com cheiro de terra molhada
Na chuva, vento paira, acalenta o coração
Sem alcançar totalidade na altura, mas a raiz é imensidão
O dom de tocar
É sobre ser rio e ao mesmo tempo ponte para atravessar
Sobre ser processo, meio, caminho
Atenta ao percurso que uma hora há de findar
E recomeçar
Trago em mim todos os sentimentos do mundo
Todos os amores que em mim cabem e carrego bem no fundo
Não sabendo ser rasa, não sabendo ser metade
Mas concordando com a voz rouca
"Você não sabe se entregar"
É verdade
É verdade que já fiz pouco, é verdade que já fiz demais
É verdade que me atropelei, é verdade que não tive paz
É verdade que já quis ter tudo porque nada me satisfaz
É verdade que fazemos planos
É verdade que podemos voltar atrás
É verdade que estamos aqui sem saber os reais motivos existenciais
É verdade que eu posso ser tudo que eu quiser até a hora que eu
não quiser ser mais

O que te inquieta?

O que te inquieta?
O que me inquieta?
Surtos em silêncio, deitada tento esquecer
Sofrendo penso em tudo que deixei de fazer
De cada mergulho dentro de mim, emerge a mulher que acabou de nascer
Choro anuncia e denuncia, sou maior do que se pode ver
Filha do fogo, carrego o calor, trago na pele a história e a cor
Habitante da planície pertinho do Equador
Linha tênue a costurar o meu querer, do meu poder
Fértil ou estéril, depende, quem quer saber?
Às sextas me visto toda de branco que é pra ver
Se eu passo os descompassos, protejo meu livre ser
Voo, canto, ouço o pranto, encanto, meu bem querer
Pingos coreografados escorrem sem eu conter
Seguindo em frente numa só direção
Lutando pelo que eu quero, e eu quero muito mais que reparação
Cada dia mais difícil de aceitar tua condição
Transformo nãos em sins, amplio minha visão
Piso em folhas, formo um laço do presente com passado
Estou conectada com algo além do macro
Pensamento influi energia, todos deviam saber
Você aponta um dedo e quatro apontam pra você
Já pensei que fosse intensa: não!
Eu só sentia muito
E sinto muito por sentir cada sussurro e os borbulhos
Movem meu eixo centrado, eu permito, é consciente
Quero cuidar do mundo, mas primeiro da minha mente
Me reservo pra entender, mentalizo o que vou dizer
Meu bom senso é um presente que eu doo sem receber
A grama parece verde, mas nem sempre é o que se vê
Pise com cuidado, estamos tentando crescer ▶

▶ O que te inquieta?
O que te inquieta?
O que me inquieta?
O que me inquieta eu lamento perceber
Somos água em movimento e temos sede de poder
Poder me expressar, falar do meu querer
Ser a melhor versão de mim mesma e não a menor versão de você

Contracorrente é bem mais difícil
Fiz um acordo com a minha história
Um novo ciclo sem sacrifícios
Se dar por vencida nem sempre é derrota
Priorizando o fato que importa
E o que transporta, eleva sem peso
Travei uma guerra com o meu limite
Nenhum de nós saiu ileso
No ano da justiça vou fazer a minha colheita
Quem não deve não teme, apenas receba
Apenas entrego na essência de ajudar
Se não vou contribuir, vou bem menos atrapalhar
Que essas águas doces que me banham nunca me abandonem
Navê, eu te encontrei, que tuas bênçãos se derramem
O vento que passa rápido alivia meu cansaço
Acumulado nos percalços que eu tanto me desfaço
Rodeada de abraços que funcionam como afago
Se me ferem, não reajo, o bem maior que diz, eu me afasto
Nadando na contracorrente eu sei que nada é permanente
É exaustivo, a gente sente, mas meus guias estão presentes
Como a água, tudo passa, naturalmente precisa passar
Me fecho pro que não soma, eu vivo pra encontrar
O batuque é quem conduz e eu sigo sem contestação
É chamado ao reencontro, é chama de libertação
Pede a bênção e a licença pra entrar na tua casa
Não dê as costas pra quem abre o teu caminho e a tua estrada
Sensível ao que me cerca no tempo particular
Não tenho pressa, mas se eu corro, ninguém vai me segurar
Infinita tenho em mim segredos de uma lua cheia
Ofuscando pensamentos com a luz que encandeia
Por fora seguro a onda, dentro pulso acelerado
Cuido dos meus pares, quero o zen compartilhado
A queda parece o fim, reconecta ao passado ▶

▶ Generosa é a vida que nos traz aprendizados
Confluências me embalam, aquecem, deixo banhar
Espaço tenho de sobra, escolho quem deixo entrar
O vento que passa rápido alivia, mas não cessa
Tudo que acumulei em todas as entregas
Rodeada de afagos oferecidos por abraços
Se me ferem, eu aprendo, o bem maior que diz: cuidado!

Sou mais uma Madalena escrevendo na sarjeta
Lutando todos os dias para me manter ilesa
Só Jesus pra interceder nos becos da madrugada
Começou com sete anos, minha saia foi levantada
Sou mais uma Madalena que cansa, mas nunca para
Me protejo como posso, eu não posso dar mancada
Hipocrisia que me cerca, e tô pra ver quem é o doido
Que vai jogar uma pedra na minha cara
Se a rua não cobra, eu cobro por duas
Tu cala tua boca e fica na tua
Não abro espaço pra nenhum comédia
Que só de eu dar oi já acha que eu tô dando trela
Vê se me erra, vê se te enxerga
Teu ego inflado rasgou tua camisa
É muita audácia brotar na minha pista
Atendo se me chamar "poeta terrorista"
Tacando as bombas, lírica afiada
Entrar numa briga eu não perco por nada
A dona do circo, tão querendo me fazer de palhaça?
Diz pra mim que dói me ouvir apontando as verdades
Volte pro início do livro e leia com mais vontade
Tudo que eu falo é tudo que eu vivo
E agradar os macho escroto não é a minha prioridade
Sou mais uma Madalena, ousadia e alegria
Herança de gente preta, sou do Norte e da bruxaria
Quando eu pedi ajuda me deram um chá de cadeira
Então pega aqui teu troco e toma um chá de buceta

O sistema é bruto, mas eu sou muito mais eu
Contorno com suavidade tudo que Deus não me deu
Maloqueira da ZN, correria é o lema dela
Meio Sônia Guajajara mais Tereza de Benguela
Quero ver quem tem coragem pra peitar
Batuque africano, cinco elementos vieram me chamar
Cria 092 de onde o sol não dá arrego
Imagina se eu vou dar sossego pra quem se incomoda com o que eu tenho?
Foi o axé quem resgatou, Tambor de Mina fez sentir
Quanto mais você reclama, mais vai ter que me ouvir
Coletivo Difusão, Até o Tucupi
Personalidades Negras me lembrou o que eu esqueci
Ter orgulho do meu corre não é perda de humildade
Cês adora confundir autoestima com vaidade
Cês espera, cês vão ler tudo na minha biografia
Vou citar todas as manas que passaram na minha vida
Essa poesia é minha raiz e é dedo na ferida
Se não for pra incomodar, irmã, eu nem vinha
Se não for pra revolucionar, não me chama
Se não for pra afrontar, então eu não posso
Aonde uma preta chega, tudo certo, é tudo nosso!

BELL PUÃ

não
eu não falo
pelas mulheres
chega de sermos
interrompidas

não
eu não falo
pelas mulheres
quero ouvi-las

era uma vez um Brasil conservador
branco dono e preto propriedade
africano era sem alma
e o índio era selvagem
segundo o europeu
nosso grande apogeu de civilização?
colonizaram até nossa mente, boy
pra tudo a Europa virou padrão:
beleza, ciência, progresso
e o Brasil há 500 anos sem sucesso

lembra das mina? mulher, vocês são linda
mas era uma vez um Brasil conservador: aprenda a sentar feito mocinha!
ou prende o cabelo
ou alisa de chapinha
mesmo acompanhada de uma, duas, dez mulheres, dirão que estás sozinha
vê se não encurta a roupa
mulher trabalhadora é puta
mulher que questiona é louca
mulher inteligente é plágio
fala por cima da nossa voz
porque homem é o sexo frágil

histéricas, vadias, putas, bruxas
queimadas na fogueira da inquisição
assediadas por parentes, pelo patrão
por amigos, desconhecidos e até líder de religião

nosso corpo, as regras deles
violadas dentro de casa
na mais movimentada das avenidas ▶

▶ de short, saia ou calça comprida
espaço público é cenário de guerra
com o macho que te seca
no ônibus abre as pernas
se esfrega
sem a nossa permissão
e até ejacula
sem receber punição
não, eu grito!

denuncio homens abusivos
agressores
desde mãe África,
ancestrais cheias de cores
em senzalas estupradas
por brancos senhores
índias aculturadas
em nome de Cristo?
tantas irmãs assassinadas
pelo machismo
mão direita do capitalismo
fez da América desgostosa
à beira do abismo

eu sou isto: apenas uma moça latino-americana
me agarro às lutas do passado
pra ter força no presente
não defendo vidraça de banco
defendo gente
ao que é injusto, sou desobediente

me inspiro em Dandara, Zeferina, Aqualtune, Nise, Carolina
mas principalmente nas guerreiras ▶

▶ de atualmente
são as terceirizadas, trabalhadoras rurais, professoras, empregadas
é tempo de primavera
Conceição Evaristo, vovó Vilma, vovó Vera
Gabriellas, Marias, Hildas, Amandas, Eduardas, Sheylas, Renatas, Sabrinas
Brasil de golpes, reformas trabalhistas, ditadores militares, fascistas!
apoiam massacres e chacinas
mulher encarcerada no lar
os pobre cheirando cola
e os rico, cocaína
era uma vez um Brasil conservador
que revolucionou
com o poder das minas

todas as mulheres
são pássaros
que o patriarcado
tenta aparar as asas
em cada grito sufocado
na vigilância às minissaias
ou na proteção concedida
ao brother canalha
assim mesmo
muitas e muitas
asas aparadas
levantam voo

aquela que não te pertence
tem várias faces e nomes
acadêmica, poeta,
nordestina, negra
mas homem
guarde essa minha face e nome:
aquela que não te pertence

minha pertença não é
para seus padrões racistas
numa prisão, cozinha
ou na mira da polícia
aquela que não pertence a patrão
nem senhor de engenho
e muito menos pertenço
à escória do conhecimento

eles querem que
eu use língua formal
e muitas metáforas
que eu jogue o jogo da vida
com suas táticas
fazer rap?

essa preta aí só me convence
se com licença, por favor
por obséquio, pra começar
a lógica ocidental vem de Aristóteles
e blá-blá-blá
só converso de Nietzsche pra cima
só escuto de Frank Sinatra
a Sebastian Bach
literatura marginal é coisa de ▶

▶ não intelectual?
vai vendo, vai
além do *Manifesto comunista* e *O capital*

vou de Platão
e também vou de Racionais
saio da caverna
pra escutar fatos reais
pode pá
808 crew, Femigang, Alquimia
sem masságe na mensagem
no meu mundo das ideias
mentalizo Sabotage
o meu amor platônico
é um mundo sem maldade
rap é compromisso
não é viagem!
é verdade, Freud explica...
mas Criolo e Emicida
escancaram a realidade!

agora que sei
me derramar
quero distância
de tudo
que me condensa

BOR BLUE

TIROS

É bem capaz que tu me atire na esquina da Almirante Barroso, que tu me espanque e não tenha consequência, retorno, pelas maldades e transtornos. Por ferir meu corpo, por ferir minha alma, sou sempre eu que preciso ter calma enquanto meus irmãos morrem por não serem aceitos, o papo é que a gente nunca foi libertado do preconceito. Já tem encarnações que morremos todo dia, mas deram nome pra doença há pouco tempo: homofobia. O teu discurso nojento fortalece os vermes, serve de alimento pro ódio que chega cada vez mais perto de nós. No fundo, vocês não estão nem aí pro que é certo, o certo mesmo é que sapatão e viado não dá pra aturar, ainda que signifique sujar a mão de sangue, matar. É que o Brasil fica muito colorido, é quase "não tradicional" deixar a gente vivo. E desse jeito eu vejo a sociedade adoecer. Minha vida vale menos que um ego ferido, tu crê? Tu vê como teu filho te imita, bate na prima, manda e grita, do jeito que papai faz com mamãe. Todas sofrem as consequências, todas as irmãs, não dá pra pensar só em si mesma. Não dá pra fechar os olhos e seguir. Como não se afetar, como não sentir? Se pode ser teu filho a travesti... Entendemos a missão, agora tem que ficar vivo, existir, se manter saudável e equilibrado pra resistir, nada será em vão, nenhum corpo será esquecido, nenhum povo será abandonado, vamos continuar lutando lado a lado, corpo a corpo, na palavra ou no soco, não vamos aceitar mais mortes, ninguém cala, não tá dando pra dá o outro lado do rosto pra bala. Eu pego a caneta, tu pega arma, eu conquisto na palavra e tu dispara, eu atinjo vários e tu, apenas um, a gente vai crescendo até não caber em lugar nenhum. Esse país vai ser pequeno pra aguentar, a gente começa de baixo, de onde a gente tá, pra quando chegar lá em cima não ter mais como segurar. Mulher, preto, sapatão, viado e LGBT todos vão ter que aceitar... Porque todos nós escolhemos lutar.

UMBANDA ME SALVOU

Ela chegou e mandou dizer que aqui nessa vida tem como escolher fazer o bem, pregar a cura e ser caridade, porque isso é macumba. Lá vem a onça cabocla guerreira trazendo sua lança, veio pra trincheira, forte como o pai Sebastião, ela acerta o feiticeiro na veia do coração. Já vem seu Zé descendo a ladeira de sapato branco, gravata vermelha, com seu cachecol correndo no pescoço, cachaça na mão e o baralho no bolso. Veio boiadeiro e o povo de Légua, malandra, cigana, eu confio cega, Maria Padilha com sua falange entrou nessa história foi pra chegar longe. O tambor rufou, eu corri no jardim com sorriso no rosto, foi quando eu senti a ideia no corpo que ia vencer, mergulhei em bombom, brinquei com erê! Que Oxalá te proteja e te guie na busca da paz, que sintas o grande poder de tudo que és capaz, que Xangô seja justo e corrija teus erros na Terra e Ogum te dê forças e armas pra vencer a guerra. Que vivas a vida sempre com o que tens na essência e Nanã te cubra com todo amor e paciência, e pros dias difíceis de enfermo e de dor, me ajoelho e chamo o meu pai Atotô. Levantei dos escombros, pensei estar morto, Navalha cortou, fiz de lágrima soro, recolhi meu corpo pra não enlouquecer e a minha vida tive que escolher, naquele momento pra não desistir me desfiz de umas coisas, cantei pra subir, me ajoelhei em frente ao conga, senti a energia e me vi desarmar. A cada passo é uma melhora, o que não é bom eu deixo pra fora, é a cada banho que a calma se faz, não me arrependo se ficou pra trás. Carrego comigo cada fundamento, servir aos meus santos é meu alimento, gratidão por me ajudar, por cada axé que me fez transformar e vos digo de uma nova era que a volta é linda, não importa a queda, hoje enfim estou feliz com o que sou e posso dizer... Que a umbanda me salvou.

Axé, axé, se mantenha e tenha fé, nessa gira Ogum é grande, ele vai te manter de pé. Tem medo na minha rua, na estrada vai quem quer, carro prata mata gente como se desse no pé e a pupunha tá em falta, ▶

▶ o que vai ser do meu café? O açaí tá aguado, mas ainda tenho o caribé! Axé, axé, se mantenha e tenha fé, nessa gira Ogum é grande, ele vai te manter de pé.

SALVE ROSINHA

Eu venho das matas, rios e terra quente. Eu tenho raiz e guardo na mente a história de meu chão, a balança pensa do muito circo e pouco pão, quando nossa casa virou prisão. Eu venho do grito das que perderam, das que foram afastadas, das mulheres estupradas e de todos aqueles presos. Eu venho dos meus avós, eu sou o grito do medo, sou a libertação da voz, sou teu maior desespero por nunca andar sozinha, eu ando sempre a sós... Eu venho de muito longe, um lugar quase esquecido, de muitas mortes, né, genocídio? Eu venho de muito além, sobrevivente da fogueira santa, mas sou as que morreram também, minha ancestralidade canta. Eu venho de terras ricas, mas de pouca recíproca, sou fruto de gente que perdeu a vida, sou fera porque muito já fui ferida, na cela também fui esquecida, mas a selva não me deixou perdida. Eu venho da boca dos que maldizem, eu aguento firme e controlei as crises pra chegar até aqui, eu seguro o palpite pro coração não explodir. Não engulo, porque já engoli muito. Desabrochei nada flor, de olhos vermelhos meio sangue e a mulher nem sentiu dor. Trouxe ao mundo a revolta dos injustiçados, a memória das índias e negras jamais esquecidas, dos revoltados, porque nunca se cura a doença, só se mudam os sintomas... Ninguém soma, mas todo mundo dá sentença. Eu venho de muito longe e cheguei até aqui, sobrevivente da estrada velha do outeiro, no furo do maguari. Nascida de frente pro sol na vila de Icoaraci. Desculpa se demorei, é que eu tive que desviar de umas balas, preconceito e uns caras, tu nem imagina quanto tempo esperei. Deus sabe e salve a casa e todos que aqui estão, para que eu seja atendida como Cristo e Dalila, que eu seja a força do Sansão pra alcançar e obter e ninguém consiga me dizer não, se Ogum é por mim, Rosa malandra nessa terra eu sigo firme na guerra, pois nada será contra mim. Eu venho de muito longe e muito caminhei pra chegar até aqui e dizer EU CHEGUEI!

DAS PEDRAS AO MONTE

Não me julgue por me ver sorrindo se nem de longe tu sabe o que está me afligindo, se é meu inimigo ou filho do meu carinho, pois na vida tem desvios por onde a gente caminha sozinho. Se hoje de lágrimas eu faço maré cheia, saiba, nesse mundo ninguém chega com um livro de receita. E cada e todo sujeito está sujeito a errar, mas ninguém dá ao sujeito o direito de me julgar. Já andei por muita gente, de alguns caminhos fui ausente, enxergo no olho de quem mente, sou um corpo que sente, na intuição tenho lente e sinto melhor. Pois tenha dó que vou parar de falar, senta, cala e aprende a escutar, te garanto que teu ego ferido dói menos que passar. Que estar diante da raiva e ter que controlar a sua, mesmo sabendo que não está errada, mas se guardar pra não levar surra. Mas veja só que ousadia, faz tempo que não tenho pai, sou muito rebelde e macho não se cria... Relaxa, eu tô tranquila, é que a sociedade anda distorcendo a verdade e faz minha defesa parecer ataque. Tu cresce, se acha no direito e talvez até me mate, mas eu nunca fui de perder sem lutar, tô mais pra combate. E assim a gente trava as lutas, as gay, as trava, as puta. Pra te colocar no teu lugar e mostrar o nosso, te fazer entender que, quando eu quero, eu posso! E não tem mais nem menos nem nada, não gosto nem sei varrer casa, não levo jeito e não sou obrigada, aprendi a consertar carro na lua passada. Tanto faz, tu não vai me dar emprego em nenhuma ocasião, sabendo eu fazer ou não. Não pega bem pra loja ter funcionária sapatão, ainda mais desse jeito que se veste, igual homem e sem respeito por nossos costumes. Não contratamos gente que se assume. Tu pode roubar meus direitos, mas não os meus planos, eu sou movida por sonhos, não sou de fazer por baixo dos panos. Eu tô errada, mano? Me fala. Então bora parar de comer porco, bora parar de cortar o cabelo, fazer a barba, porque tá tudo errado, mas tem que ter um alvo. Pode dizer que é errado, bebemos de outra fonte, segue teu quadrado que eu firmo meu horizonte, joga tua pedra que eu construo meu monte e canto lá de cima fazendo minha voz gigante!

RAÍZES

Sabe qual é o gosto da minha ansiedade? Gosto de morte e preconceito na cidade. Me tiraram do mato e me transformaram nisso, contra minha vontade. E eu vi meus hábitos e minha cultura indo embora, se perdendo ao longo da história... Eu queria ir, mas minha aldeia não tá mais lá. Eles cortaram as árvores, e o rio nem água mais dá. Como eu vou sobreviver sem os frutos e sem ter o que pescar? Põe uma roupa de gente! Entrevista. Vai trabalhar! Não nesse cargo nem nesse, tu não pode te mostrar... Vai lá pra baixo, índia é forte, te encarrega de carregar coisas. Tu consegue ouvir quão perturbador é meu olhar? Às vezes quando eu tô rouca já começo a lagrimar... E às vezes a voz não sai e se transforma em choro. Então eu fujo, corro pra mais perto da minha raiz. Lembro de tudo que eu passei e o que fiz pra chegar até aqui viva... Trabalho, escola, quebrada, diariamente um risco de vida. Eu risco os papéis pra fortalecer a existência, eu venho aqui e vomito a diferença entre mim e ti! Tu sabe qual o tom da voz que grita aqui?! Que diferença faz na tua vida? Quanto isso importa pra ti? É perturbador... Todas as noites eu sonho com a foice na minha garganta, uma espécie de lembrança do que foi ser expulsa de casa, ver minha família de mãos atadas. Não reage, perdemos, não faz nada. Mas cabocla voltou com força e livre como um beija-flor, traz consigo o que guardou, porque a aldeia ainda é viva dentro dela... E esse povo que vê o mundo pela janela não entende o que é estar preso. Tu sabe qual a cor da borboleta que me sustenta? Eu tô aqui na tua frente, não sou lenda! Tô nas quebradas, nos becos, nas bocas... de várias pessoas. Já ouviu falar? Cheguei! Licença, vou começar. Marrenta, enjoada, não deixo passar, com mão armada de lápis ou o que precisar. Não dou brecha pra macho escroto, eu tô cortando, eu tô limando... E eu vou logo avisando que eu brinco valendo, nem vem reclamar que tá doendo porque eu canto mais... E se incomodar, tem alguma coisa errada, rapaz. Eu venho forte, eu sou guerreira, eu sou do Norte. Meu arco e flecha vai certo e acerta teu machismo. Eu te calo, eu disparo, eu extermino.

CRISTAL ROCHA

ARTE ESCURA

É que o mundo vacilou muito com a gente
Povo cresce, tempo passa, mas ainda sinto as correntes
Pretinha, a força da tua afirmação vai incomodar o mundo
Mas quem disse que o objetivo não era esse?
Mesmo que nos tirem força
Mesmo que as nossas caiam
Mesmo que o sistema mate
Nós
Vamos
Seguir
Em memória de cada uma que se for
De cada canto, cada dor
Minha pele me ensinou a resistir
Preta, que nossa arte não sirva só como escudo, mas também como ataque!
Colei com Negra Jaque
Já que é pra escurecer...
Espalhando nossos versos tipo anoitecer
E deixa esses boy falar
Deixa eles vê no que dá
Nos soltando das correntes
Uma puxando a outra pra voar!
É nossa arte escura dançando nas partituras
Eu tive um sonho no pique Martin
Onde nossos meninos não eram levados por viaturas.

Eu sei que essas mágoas têm a sua assinatura!
Ó, senhor supremacista!
Eu que seguro essa estrutura
Eu que carrego as queimaduras
Eu que me recomponho depois das lutas
Então não venha banalizar a minha arte! ▶

▶ Seus punhos de opressão
Já não me batem, já não me invadem
Eu não ando só
E não peço sua compreensão
Sobre minha música, poesia
Minha dança, minha vida
Apenas escute, não palpite!
Aprenda sobre lugar de fala, Djamila
As nêga chega chegando no pique Ludmilla
Minha alma é grande, herança vem de família... Força de mina!
Muita visão mesmo com pouco de vida
Mas quantidade não é problema, tio
Eu tenho estoque de rima
Sou preta, sim
Não nego meu instinto de sobreviver
E sobre viver
Aprendemos de gerações em gerações
Já se foram os grilhões?
Tamo em ascensão, e não espera que não
Façamos revolução!
A vitória de uma é glória pra todas
Esses são nossos valores reais
Por isso nada me quebra
Nada me abala
Nada me machuca mais
Porque hoje eu semeio e cresço
Mesmo vivendo com espinhos, nesse chão de concreto
Eu floresço com minhas iguais.

Então foda-se a tua banca, minha lírica te desbanca
Arranca minhas planta, mas nunca vai tocar minha raiz!
Sabedoria de herança, minha força vem das mucama
Então respeita os ventre que pariu esse país.

PARA CONCEIÇÃO

Quantas das nossas *Vozes-Mulheres* calaram?
A dor e a repressão em quantos peitos moraram?
Quantos de nossos filhos já nos tiraram?
E quantas das nossas vidas apagaram?
Nossa pele preta escrita deu vida a nossa arte
As chibatada ainda arde
Nossa inspiração nasce
Aprendi com Conceição
Que somos *negros-estrelas*, juntos uma constelação
Valorizei minhas vivências e escrevi *Poemas de recordação*
De tudo aquilo que transbordava e não cabia mais no meu coração
De geração em geração
Levo comigo a escrita
Às vezes cruel e vivida
de quem teve que voar,
pois já não
tinha
mais
chão

É nossa arte escura tomando conta dessa estrutura
Não queremos mais censura, meu ventre exala literatura
Sou *Fêmea-Fênix* me recompondo depois das queimaduras
Minha armadura é tudo aquilo que seu dinheiro não pode comprar
Então vem me atacar!
Eu já cansei de te ver nos matar
Nós eu peço pra Nossa Senhora desatar
Eu sei que cê não quer me ouvir, boy
Mas eu tenho muita história pra contar
Da Velha à menina
Segredos de sobrevivência ▶

▶ E *bendito o sangue de nosso ventre*
Eu levo com a minha essência
Eu quero "Todos os olhos em nóiz", tô no pique Emicida
Não estamos mais sós
A minha força vem de mina
Eu luto com minha voz,
Tão potente quanto Djamila
Papel e caneta são os meus heróis
Já nasci dependente lírica

Amor pelo meu *corpo-noite*
que já temeu a dor do açoite
A nossa força vem de longe
Minha glória não foi sorte, jão
A história que eu carrego está nos calos de minhas mãos
Eu já recebi muitos nãos
Aprendi a ser redenção
Hoje quero ser vida inteira
E transbordar em versos como fez Conceição.

SENHOR DESCONHECIDO

Senhor Desconhecido,
Faz tempo que eu não falo disso
Do meu pensamento você tem sumido,
Mas volta.
Faz tempo que eu não falo disso
Penso como seria se tu tivesse assumido
Pai, volta!
Foi quando eu me peguei chorando ouvindo Legião Urbana e descobri que era a sua banda preferida
Cantei com mágoa no peito
"Guardo um retrato teu e a saudade mais bonita"
Mas nem lembro da mais bonita
Me disseram que minha primeira gargalhada foi contigo
Que ironia!
Das minhas lágrimas tu já foi motivo
Não olhou para trás porque não suportava ver o que tinha deixado
Já são mais de dez invernos que eu não sinto o teu abraço
Que eu não sei o calor dos teus braços
Que eu não lembro nem dos teus traços!
Pai, uma coisa tu me ensinou:
Eu. Não. Vou. Seguir. Teus. Passos.

Fechei meu coração muito pequena
Depois de perceber que te esperar nos meus aniversários
Não valia mais a pena
Me acostumei com a tua ausência muito pequena
E escrever esse poema sem destino
Não vale mais a pena

Os Dias dos Pais sempre foram ruins
Não eram dias de paz ▶

▶ Não entendia como alguém era capaz
Surreal
Mas dá pra acreditar
Que o mesmo que te pôs no mundo foi o que veio a te largar?
Mas vozes me dizem
Que eu tenho que te amar
Eu te amo.
Não!
Quem eu amo cuidou do meu joelho ralado quando eu caí no chão
Anda comigo na rua e segura a minha mão
Me pede proteção
Me recebe em seu ventre mesmo depois de uma discussão
Senhor Desconhecido
Tu não sabe!
Não me levou no meu primeiro jogo de futebol
Não me ensinou a nadar
Não me protegeu do sol
Não me tirou pra dançar
Não assistiu a minhas apresentações da escola
Não me ensinou a andar de bike
Não me ensinou a jogar bola
Quando me assustava com o mundo
Não foi tu que veio me acolher
Não me deu os seus conselhos quando eu não soube escolher
Não me abraçou em momentos que não soube mais dizer... Nada
Esse poema é cheio de nada. Cheio de mágoa.
Crianças nascem sem o nome do pai na certidão
Crianças crescem sem o pai apenas com o nome dele na certidão
É uma cultura, né? Abandonar e achar que o tempo cura, né?
Sou fruta madura, mas madura suficiente pra aprender com as amarguras,
Fé
Pra que amem suas crianças ▶

▶ Zés-Ninguém na vida de quem ainda tem esperança é
A única coisa que tenho certeza
É que nosso futuro é incerto
Talvez nem os meus filhos sejam pais para os meus netos
Filho, presente de indignação
Pai ausente que fugiu sob pressão?
Medo de cuidar ou de pagar pensão?

Senhor Desconhecido
Venho por meio deste poema tentar
Pôr um ponto-final nessa mágoa que marca vidas
Mas enquanto eu recito essa poesia, mais uma criança nasce
E quem sabe toda essa história
Ainda vai ser repetida.

PARA GISA

Pego na tua mão e sinto
O áspero cheio das histórias que tu leva contigo
Nos teus olhos ainda posso ver o brilho
De quem me conta o passado como se não fosse tão antigo
Vó, foi assim que tu me ensinou
Saiba renascer, nesse deserto seja flor
Quem é aprendiz da vida
Também aprende a sentir dor
"Tu vai ver, minha filha, na próxima queda tu vai falar que nem machucou"
Me ensinou filosofia mesmo sem saber
É que eu aprendi a enxergar a vida pra poder viver
Me ensinou a contar piada
E rir do que já nem tinha mais graça
Tirar sarro do mundo
Mesmo que por trás de um sorriso guardasse um lado mais obscuro
Tu disse que eu sinto a dor do mundo
Eu sinto a dor dos outros, véia
Complicado ser assim, mas é tanta treta
Que não caberia mais em mim

Lembro quando tu me levava no colo
Hoje às vezes é tu que me pede colo
E eu me sinto tão fraca, quando vejo tuas lágrimas eu choro
Eu oro, as orações que tu me ensinou
E imploro mais luz pra Aparecida, que me abençoou
Foi a santa que tu me apresentou
Me xinga porque não gosto de ir à missa
Até hoje eu sinto inveja da tua fé, é tão bonita
A vida te chamou pra dança, tu se fez bailarina ▶

▸ Mesmo nas dores até fingiu alegria
Que era pra mostrar que podia enfrentar tudo o que viria
Dividi meus sonhos contigo
E tu me acariciou sorrindo
Meu coração arde quando em ti me sinto
E em tudo que eu recito
Eu te sinto
Anjo da guarda
Que eu já não dei ouvidos
Me falou sobre palavras falsas
E falsos amigos, sobre renascer de mágoas e crescer de espírito
Até sobre aquele crush
Que tu tinha razão desde o início, não tinha nada a ver comigo!

Na minha primeira poesia, eu já pensava em te citar
Saiba que teu peito tá presente por onde eu andar
Quero te eternizar nesses versos e presentear a lírica
Mal sabia eu que a poesia
Sempre foi e sempre vai ser a minha melhor amiga.

COISA DE PRETO

“Ô, Cristal! Tu só fala de racismo nas linha!”
Desculpa, é coisa de preto, tu não entenderia
Ouvi tanto o que não devia, evitando fadiga
Agora entende por que explodo na roda de poesia?
Então vamo pôr na roda o que eles não querem ouvir
Esses tiozão que nos poda antes da gente florir
Se a verdade tem que se dita, então eu vou repetir
Tô aprendendo agora o que na escola não aprendi
Com Malcolm, Djamila e Muhammad Ali.

E EU SOU DO SUL
Mas nem que tu olhe vai pensar que eu sou do Sul
Porque gaúcho é visto com olho azul
Mas a verdade ninguém vê
Histórias mal contadas como num conto de fadas
Mas as farpas da verdade ainda vão te machucar
Essa terra difamada
Que eles insistem em idolatrar
Facada na pele, se entregue
Ou vão na frente pra lutar!

“Ah, ô! Que mimimi! Cor de pele não importa.”
Então vai dizer que é coincidência ter tanta gente preta morta?
E quanto à cultura negra que cês tanto menospreza
Nas noite tuas filha paty ouve a batida e se requebra
E os boy acham que o Waack é racista, né?
Mas são os primeiro a debochar quando as preta chegam na pista
Deturpação das mulheres negras
“Os cabelo pingando de creme”
“Ó lá as maloqueira!”
As preta são salientes, meninas brancas, inocentes. ▶

▸ Pele clara de boa moça, mas nossa postura é indecente?
Tratando nossas mulheres como experientes
Corpos negros não valem nada até que você experimente
Nego, roubaram teu amor-próprio, mas ninguém avisou
Eu sei que guarda mágoa de uma cicatriz que não sarou
Mas... "*take it easy*, meu irmão de cor"!
E se eu te falar que Brother Charles não *takeiteasyou*?
Que pro irmão de cor ainda é foda falar de amor?
Que em meio à luta é difícil esquecer a dor
Consequentemente a mesma dor que Charles cultivou.

Então levanta, nego!
Quem disse que o mundo não é teu
Tu não merecia essa vida, essa vida que te mereceu
Nego, disseram: "Aguenta!".
Mil tretas, enfrenta!
Eles dizem que tu nem tenta.
Levanta a cabeça e sem piedade
Vão sentir o peso da tua caneta
E que tentem me abafar! Eu sou a resiliência!
RESISTÊNCIA que eu demonstro
Então venha e me dê monstros pra enfrentar
E se quiser adjetivos de monstra pode me chamar.

Em três minutos não caberia o que um preto passa na vida
Tô te incomodando? Tá dando certo!
É pra nossa dor não passar batida
Não adianta, falar de pele já faz parte da minha rotina!
Prazer, da Rocha um Cristal
Eu vim tocar na sua ferida.

DALL FARRA

NA PONTA DO ABISMO

Na ponta do abismo lá vai a mãe preta
Aguenta o infinito em um corpo em que grito de socorro acusa suspeito
Não chora nem fala das mortes diárias
Pariu cinco vezes sem anestesia com falas no ouvido:
– Preta é firme
Teu corpo foi alvo da falta de amor
Teu peito batuca a dor de um dos filhos que ontem dormiu
Quando na escura da noite um corpo fardado mirou sem certeza por causa da cor
Mas preta é forte, sempre ouvi falar
Mãe, preta!
Resiste desde que não sabia o que era existir
Mãe preta!
Teve teus calos calejados pela falta de arrego dos atrasos da história que
traçaram teu destino
Mãe preta!
Que pariu no reboliço e trouxe com muito ofício outra preta que não sorriu
Filha de preta!
Que com a vida já traçada me desfiz de tanta tralha com um grito de cansada entalado na garganta
E os bicos de diaristas entalados na minha herança
Vi o mundo cortar com a foice minha passagem pela infância
Os homens que me olhavam revestidos de ganância
E pra eles não importa se se trata de uma criança
Hipersexualizar era um hobby da minha vizinhança
Dedos te apontaram ontem e hoje o cano te aponta ▶

▶ Amanhã outro julgamento julgando que cê aguenta
Tua cabeça um reboliço
Teu corpo cumpriu caprichos
Tua mãe também passou por isso e todas da tua família
Tua vó bem que dizia:
— É uma praga feito sentença, eles dizem que a gente aguenta, mas vejo uma morte lenta
Tua vida nunca passou disso, nunca fugiu da sentença
Com as forças dos ancestrais internalizou que aguenta
Imaginou o chicote lento na vértebra de um branco
E viu que a força é um detalhe pra quem vive resistência

TÔ ACOSTUMADA A NÃO CHORAR

Eu tô acostumada a não chorar
Sem meio-termo
Tô acostumada com os picotes da vida
Com a falta de amor
Com a falta de afeto
Desde menor sempre sozinha
Me amando sem entrelinhas
Me amar foi escolha minha
Porque alguém pra cumprir a função eu juro procês não tinha
Mas agora o amor vende
Parece que tá em alta
Tem lugar que ainda falta, vai na quebrada perguntar
Pergunta pros menor dos fuzil HK se com os trampo lá do morro com
pouco dá pra comprar amor
A pistola que não endola, mas na real defende agora, tá podendo amar
o menor muito mais que tu e eu
Senta e pergunta a cor da parede escondida
Se os furos decora a vista ou fazem parte do acidente que às vezes decora
a gente que tá subindo o morro
Fala um pouco sobre a vida e vê a disparidade, que para e repara a idade
de quem não passa dos treze
Que para, repara, revista, dá tapa na cara e pisa
Sem coragem não se admira com a falta de amor
Tô ligada porque eu me vejo quando encontro os menor na pista
Reflito os trampo da vida e penso que faltou pouco ▶

▶ Pra eu ter pistola no coldre, sorriso estacando ou frouxo
De quem conheceu olho roxo
Conheceu a falta de pão
A falta de coisa em casa
E que, se embrulhasse, a falta era choque de ostentação
Com a sobra de tudo isso
Desse mundo inconsciente que se acostumou a ver gente:
Desgarrada de afeto
Sem teto
Fazendo jus à mão no ferro
Sem nunca dar oi pro amor

FALA

Cuidado, preta, com a fala
Cuidado com o caminhar
Tua pele é retinta, e pele retinta não tem distorções

É fato consumado

Consumo barato de quem abre o saco e guarda as questões
Silêncio, neguinha, escuta essa trilha que diz: "somos todos iguais"
Não me importa nem incomoda onde estão teus pais

Silêncio!

Vai devagar que é estreito
E assim pelo beco te veem potencial
Estereótipo
Esse poder gritar
Então siga a baixa fala que é pra conseguir explicar
Cê falou demais
Ostentou demais tuas soluções
Fugiu do padrão e deu golpe na estatística
Quem diria, Dilma
Tu que nasceu Maria se igualou à tal Cecilia

Já parou pra ouvir o canto?
Chega doer a alma
Entendi por que tu falas
Mas mesmo me contemplando te atento e é em prantos que eu digo:
– CALMA, PRETA

Devagar, devagarinho
Tu driblaste e foste com pressa ▶

▶ Por isso qualquer conversa não precisa nem falar
Abrir a boca é pra quem não fala com os olhos
Pra quem traz o mar no olhar e nem uma gota na alma
Essa tua fala em silêncio
Por isso quebra alguns versos com choro na madrugada
Diz que é forte, mas não é nada

Se é terceiro o poema tu entendes tua idade
É que precisa alguém lembrar toda tua capacidade
Que precisa alguém mostrar que redução é ser frustrado

Então aumenta a lupa
Mantém o foco
Que cê chegou aos vinte anos esquivando do genocídio
Nocauteou a fome
E nunca parou de crescer
Sabe barriga vazia só dói se começa a doer
Então doeu a vida inteira e quando peço calma, preta
Sei que você vai me entender

POESIA É PALAVRA ILIMITADA

Mundo ensina que poesia é palavra ilimitada disparada braba
Que cura problemas psicológicos, foge de diagnósticos
Te faz sorrir sem tarja preta
Ensina que o mundo é muita treta e que não estamos preparados para reparação histórica
Mundo, ensina outro caminho que ultrapasse o egoísmo e desfaça os invisíveis
Pois debaixo da marquise não há lugar para o teu ego
Mundo, ensina!
Que desigualdade é pauta, que o padrão é coisa falsa pra substituir verdades

Quem for viver de lecionar vai passar muito perrengue
Pois no ranking da importância o capital passou na frente da educação e da mudança
Ensina que é questão de ideia e que ideia tá em falta
Pensar não é só filosofia é também questão de vida
Que a corrida alienada traz a competição à tona
Competir é nosso lema
Por isso que nosso esquema tem por maestria money
Vários menor passando fome, mas fazendo jornada tripla
Riquezas pra minoria
Balas com destino certo e camarote pra burguesia
Ensina agora que isso tudo vai ser shot de terapia
Vai faltar psicologia pra estancar essa sangria de doença pós-moderna

RESSURREIÇÃO

Momentos em que o presente corta a carne
Me sinto ausente do passado
Se tudo que escrevi sangra até agora
Como me falta memória sobre minhas faltas
Se elas se calam em minha cabeça
E eu não tenho mais meus poucos anos
Onde foram esses ganhos
Dentro do meu espaço-tempo
Que me fazem esquecer conceitos

Mesmo sendo geógrafa sem canudo
Quando foi que eu parei de passar fome?
E lamentar minha família?
De onde vêm esses grandes dígitos depositados em minha conta?

Sou eu a sombra de algum corpo preto fatigado?
Me assumo egoísta
E o mundo ainda não pagou nem metade do que me deve

Se eu sei cobrar
Se eu sei finanças
Onde enfiei a ponta da lança de minha revolta?

É mesmo falho se tiver que ser lógico
É de fato psicológico
Não consegui seguir
Sem olhar dez vezes para trás

Então, amém!

Que amem! ▶

▶ Seja eu lotada de tantas personificações
Da exceção do seu estado mesmo
Do seu conformismo secreto
Que mesmo em luta, agradece o lugar seguro
Privilégio ou sacrilégio?
Depende do corpo crucificado ou do ressignificado?

Nunca gostei dessa palavra
Entendi que vivência dada
É didática ditada
Não alcança os meus

Não serei eu a pular um corpo
Sem me perguntar por que ainda ando
Não serei eu a me sentar no conformismo
De contas pagas e gritar apelos pra vencer batalhas
Não serei tantas, mas serei, até que não seja mais
Porque a minha existência solo ainda soa a solidão da mulher negra

Me confunde a cabeça
E confusão das cabeças sempre foi o xis da minha questão
Abandono mental vem junto comigo
Que, por hoje, serei abrigo
E posso ninar tua dor

Didática!

Mesmo que me matem
Acharei a trilha dos imortais

Legado?

Nem sempre é o que se deixou pra trás
Continuidade, pois estou pela metade
Desse mesmo inteiro que vos fala

DANIELLE ALMEIDA

EU, MANIFESTO

Em tempo de fascismo declarado
Me declaro antifascista
Antinazista
Nazistas
Que arrancam a pele pra marcar suásticas
Que escrevem no muro: "Morte aos pretos"
E desenham mais símbolos de terror e ódio
E destilam ódio dando pedradas na cabeça de estudantes
Ou as doze facadas que mataram Moa, em nome do coiso
Me declaro antifascista
Depois de um primeiro turno da tal dita democracia
Ataques de ódio e desrespeito, mortes sendo confirmadas
Não era sobre isso que queria escrever
Mas eu preciso transcrever a minha angústia, assim
Em versos quebrados
Dessa forma resisto
Dessa forma existo
Mantenho minha cabeça e meus punhos erguidos
Mesmo em meio a tantas ameaças
Eu protesto!
Eu, manifesto!

ARTEIRA

Sou arteira
Vivo arte
Nasci do encontro e da arte de dois corpos nus
Ouço arte
Canto arte
Como arte
Gosto da arte desmedida
Gosto da arte além do comum
Arte é livre
Ainda verei a arte preencher ainda mais as favelas do Brasil
Na rua tem arte
Nos muros tem arte
Tudo é arte
Nela quero fazer morada
Morada livre
Até o dia em que meu coração irrigado de sangue e de arte pare de bater

PRETA, LIBERTE-SE

Chamaram-me de piche.
Fizeram-me odiar minha cor.
Fizeram-me odiar meus cabelos.
Fizeram-me pensar que seria um objeto sexual.
Deram-me de presente vassourinhas e rodinhos quando criança.
Falaram que meu riso largo, alto e solto era safadeza.
Logo meu riso...
Compararam-me com o "cruzamento de cavalo com jumenta ou de jumento com égua".
Acreditei que nunca seria bela.
Mas daí...
Eu cresci...
Me empoderei...
Agora sou feminista!
Agora eu amo minha cor!
Agora só meus cabelos sabem o quanto os amo!
Não sou objeto sexual!
Meu riso; ah, meu riso...
Continua largo, alto e solto, fácil, fácil ele aparece por aí.
Agora eu quero que me chamem de Negra!

DESCONEXA(MENTE)

Escrivaninha vazia,
Papel em branco.
Há dias sem inspiração,
Versos e rimas desaparecidos,
O desenho é abstrato, sem cor.
Na arte o que inspira é tudo que se sente,
Tem aqueles dias que, apesar de nada sentir,
O lápis e um papel na mão fazem todas as entrelinhas terem sentido.
Sento e escrevo sobre:
O amor que não cabe no peito,
Os amigos que se foram,
A culpa de todos os dias,
O pensamento no futuro toda hora...
Minha cabeça não para...
Um beijo que me tire o fôlego,
Um litrão num barzinho da vila,
Aquelas perdas inevitáveis...
Perigos, lembranças, carinhos.
E finalmente fim do dia
Descanso pra mente.

GENOCÍDIO

Pra índio a terra é sagrada, é vida.
Pra latifúndio não passa de lucro.
É soja pra perder de vista,
É gado pra mais de mil cabeça.
Milho nem se fala...
Homem branco pensa na terra pra negócio,
Ele tem o manual pra destruir os indígenas.
Chega a me doer quando eu passo na rua e vejo em um outdoor escrito:
"Incentive o agronegócio",
Enquanto tem índio passando fome
Sem poder cultivar nem o que come.
Eles esqueceram: quem estava aqui primeiro eram os índios.
Mas as notícias são sempre as piores possíveis:
"Extra, extra, aumenta o número de mortos indígenas em confronto com fazendeiros".
Aumenta o número de mortos indígenas...
Eles morrem pedindo demarcação.
E o sistema é genocida, o estado de Mato Grosso do Sul é um dos que mais matam índios.
Faço essa poesia em repúdio aos latifundiários e fazendeiros e sempre vou gritar:
"DEMARCAÇÃO DAS TERRAS INDÍGENAS JÁ!".

LAURA CONCEIÇÃO

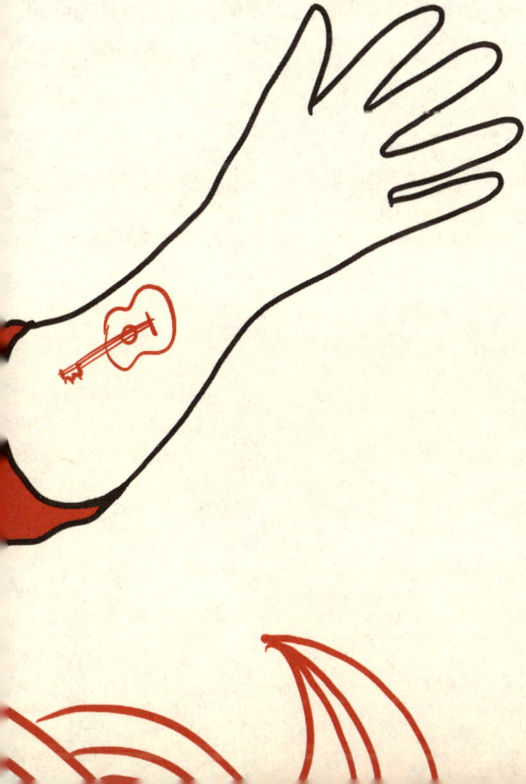

SE GOSTA DE MIM: ME LIGA

Não gosta de mim: problema
Não gosta do som: desliga
Se gosta de ler: poema
Se gosta de mim: me liga

Se curte curtir: 1 like
Se curte a viagem: 1 beck
Se curte a moda: 1 nike
Se curte a praia: 1 deck

Se me escuta: obrigada
Se me entende: empatia
Se escutar um tiro: farda
Se for dois: tirania

Se chorar demais: seca
Se secar demais: chora
Se rezar demais: meca
Se ganhar demais: glória

Se for um vírus: zica
Se zicar demais: reza
Se rezar demais: fica
Se ficar demais: leva

Não entende: estuda
Não estuda: repete
Se repete: perturba
Se perturba: se mete

Não gostou: paciência ▶

▶ Se não chegou: espera
Se for velho: vivência
Se for verde: é erva

Se ficar: convivência
Se for vazar: me leva
Se for forte: potência
Se demorar: espera

Se é de brincar: parque
Se largar: abandono
Se for lenda: Tupac
E se for chorar: um ombro

Se for chato: o vizinho
Se for vizinho: longe
Se for longe: carinho
Se for ela: se esconde

Quando é patrão: trabalho
Quando é lixão: entulho
Quando é carta: baralho
Se for grito: barulho

Se for rima: rica ou pobre
Se for nobre: problema
Se for ouro: não é cobre
Quem te cobre: o sistema

Não gosta de mim: problema
Não gosta do som: desliga
Se gosta de ler: poema
Se gosta de mim: me liga

POEMAS DOS PORQUÊS

Por que o rap feminino não tem visibilidade?
E esporte feminino não tem visibilidade?
Nem a arte feminina tem visibilidade?
E mulheres são descartadas quando
É visível a idade?

Por que roubam nosso dinheiro
Falando em fraternidade?
Exaltam a diferença pra falar de igualdade?
Pessoas dormem nas ruas bem no centro da cidade?
Há segundas intenções em todo ato de bondade?

Me diz, por que posso apanhar se namoro uma mulher?
Por que podem decapitar quando diferem cor e fé?
Quando o filho nasce, por que o pai mete o pé?

Por que a criança não acha uma explicação
Sobre a prisão injusta de seu pai num camburão?
Por que eles acham que saia justa é convite pra passar a mão?
E por que ninguém questiona nenhuma situação?
Por que homem pode encher a cara
E mulher não pode sentar no bar?
Por que a mulher que elegi não pode mais governar?
Poesia mais bonita é a lírica?
Mulher só com homem pode se relacionar?
Por que o preço sobe juntamente com a labuta?
Valorizam troféu, mas não valorizam conduta
Mulher em cargo de chefia até hoje te assusta
Homem golpista eles chamam de bom
Mulher presidente eles chamam de puta?
Por que a vontade não supera a preguiça? ▶

▶ A simplicidade não supera a cobiça?
Cês são fã do Tiririca já que pior que tá não fica, será que fica?
Por que eu tenho mais medo da polícia?
O boy estupra no sábado porque no domingo tem missa
Por que a ditadura da beleza vive impondo um padrão
Enquanto muitos na pobreza sem nenhuma refeição?
Porque pra eles hip-hop não é a cultura, não?
Por que até hoje minha amiga não achou o corpo do irmão?
Enquanto isso, deputado em avião
Enquanto isso, cocaína em avião
E lá no morro, o menor é avião
Machista assoviando e chamando de avião
Me diz: por que mulheres morrem só por terem vagina?
E ainda mais mulheres morrem por não terem vagina?
Você sabe me responder? Ou ao menos imagina?
Tô buscando uma resposta pro tamanho da chacina

CORDEL FORA DO ARMÁRIO

Essa é minha história
Incrível causo vim contar
A poesia hoje me aflora
Trouxe versos na sacola.
Dizem que sou criativa
Muita gente me incentiva
Surgiu então um babado
Pra desfazer malfalado
Eu assumo amar meninas.

A sociedade me apaga
Alguns amigos têm vergonha
Se são minhas cama e fronha
Então, por que te desagrada?
Ó, pátria amada,
Me diz, como entender?
Faça parar de doer
Seus filhos estão amando
E por isso estão sangrando
Enquanto eu falo estão matando
Mais um LGBT

Geralmente me olham estranho
Falam pelos cotovelos
Da minha roupa e do cabelo
Pois ele eu trancei com pano
De que te importa quem eu amo?
Excluíam-me quando criança
Por meu peso na balança
Cabelo encaracolado
Mas com estilo desleixado
Hoje a menina ainda dança ▶

▶ São muitas meninas,
Vivem em conflito interno
Pois preferem usar terno
Ou às vezes não ter vagina
Então, imagina
Se amar ao ver espelhos
Novo corte de cabelo
Morte e vida severina
Ainda retiram vidas
No sertão de preconceito

Na sua mente não cresce flor
Na minha alma crescem hematomas
Esse é um poema de defesa, não apenas uma afronta
Eu já tô mais do que pronta
Mas eu não nasci pronta
Tive que me lapidar
Imagina quanta coisa eu não ouvi
Por pouco não me vendi
Me ensinaram a me odiar.
Quero amar sem temer
Liberdade ao meu corpo
Perante o mundo todo
Não precisar se convencer
Será que deu pra entender?
Cansada de explicar,
Quando isso vai acabar?
Eu sou bem paciente
Sou lésbica, não doente
Então não tente me curar ▶

▶ A mídia diz o que fazer
Mas não sou massa de manobra
A justiça uma hora cobra
Ninguém vem me defender.
Meu filho vai aprender
A não cair em fina malha
A traçar suas batalhas
A não ser um otário
E que dentro de armário
Só as crônicas de Nárnia

Adolescentes se mataram
Ontem se suicidaram
Amanhã dirão adeus
É letal a hipocrisia
É mortal a transfobia
Até quando matarão os meus
Pra inflar o ego do seus?
Meu Deus!

NADA SE CRIA

Eu sou jovem demais pra ter tanta certeza
E velha demais pra pedir proteção
Falam que o tempo vai te tirar da minha cabeça
E que meu ego vai me tirar do teu coração

Na indústria nada se cria, pergunte a Lavoisier
Esse contrato me liberta ou tá ajudando a me prender?
Seu corpo me consome, diferentes tatos
Ou me ama ou então me libera, escolha um dos lados
Sorte no jogo e no amor é pra quem vicia os dardos

Ela quer me contar um erro do seu passado
Eu pensando que o único erro é o fato de que eu não estava lá
Mas eu prefiro ser o presente e o futuro sonhado
Que são os traços que ainda dá pra desenhar

Vi minha agenda lotada, perdi você do meu lado
Será que eu estou chegando aonde eu queria estar?
Grande parte dos MC quer fazer um show lotado
Eu quero um coração lotado depois que o show acabar

CARTA DE AMOR COTIDIANNA

Talvez eu seja um planeta
Perdido no meio do espaço
Conquistando algum espaço
No planeta que há dentro dela
Eu viajo tanto ao te lembrar
Viajo tanto ao te cheirar
Que é difícil concordar
Que meu lugar seja na Terra.
Eu gosto do nosso mundo
Longe de todo mundo
Perto do mundo todo.
Essa moça é constelação
Uma noite de verão
Durante o ano todo.
Perto dos olhos dela
As estrelas nem brilham
Sorrisos abrem caminhos que trilham
Ela odeia, mas eu acho tão sexy
Se é que cê me entende
Mas é que ela me prende
E me liberta ao mesmo tempo.
Memórias na minha estante
E eu me refiro a instantes
Em que se paralisa o tempo.
Me pego numa geração de sentimentos,
Vou gerando sentimentos
E a geração que pertencemos
É sempre a mesma dentro daqueles momentos
Em que eu beijo a sua boca,
Você tira minha roupa
Mas diminui a luz que é pouca ▶

▶ Perto do brilho da tua alma
Mas é que eu beijo a sua alma
E não precisa ter medo, é uma jura
E o medo sente medo
Quando estamos juntas.
Eu reparo em cada detalhe
Da sua existência
Sua experiência me soa tão leve
E eu paro diante de você
Se meus olhos falassem
Iriam dizer:
"Moça me leve
Me rege
Me tece
Me pegue"
Corpo, alma e coração
E sua mente também, por que não?
Mas não solta, não
Eu sou tão fraca
Dentro dessa capa
Que me protege do mundo real
E eu fico de cara
Como machuca a mim
Quem te quer mal?
O mundo às vezes é mau
Mas deixa por aí
Eu tô por aqui,
Vem me ver?
Ou me convide que eu vou ver você
Eu não quero me conter
Mas eu prometo me conter
Eu não disse quando
Eu não disse onde ▶

▶ Mas quero agora
E não muito longe
De onde
Estiver você.

Em um país onde mais de doze mulheres são assassinadas por dia, uma carta de amor entre duas mulheres é uma das formas mais verídicas de representar a resistência.

Nenhuma mulher a menos!

LETÍCIA BRITO

o céu estava da cor do terceiro azul da caixa de 24 lápis de colorir
o vidro com o adesivo indicando a saída de emergência tinha uma
seta
que apontava para o sol
uma trilha de nuvens
indicava o mesmo caminho

agradeci por ainda conseguir ver a beleza do mundo
agradeci também por estar sentada no ônibus
e poder abrir o caderno e pensar
a poesia ainda me toca

as buzinas das motos apressadas
no corredor do engarrafamento
não eram tocadas pela poesia
os 57 passageiros em pé no ônibus com lotação de 45
não eram tocados pela poesia
os pensamentos de alguém que quer chegar
após oito horas de trabalho e duas em pé no transporte
não eram tocados pela poesia
o motorista do ônibus ao celular falando com o amigo
que precisava beber depois do expediente pois estava estressadão
não era tocado pela poesia

aquele céu, aquele pôr do sol, as montanhas, a manifestação de
Deus na Terra
não eram observados
não existe Deus na hora do rush

alguém grita porque quer descer do ônibus
[aqui dentro grito também
por ter pego o trajeto errado, na vida]
o motorista responde, não há como parar ▶

▶ perco a esperança
pessoas comentam amenidades
dificuldades, falta de oportunidades

estão todas na mesma situação
também está o poeta
apesar de sua facilidade de abstração

o sol não está mais lá
apenas sua luz
que se confunde
com o reflexo vermelho do giroscópio que passa

policiais não são tocados pela poesia

a linha é amarela
flores rosas e brancas sobrevivem
entre as pistas concretas
alternam-se com a escuridão rochosa
oxigenam o ambiente
mas ninguém vê

não existe poesia na hora do rush
cinco carros de polícia com sirenes ligadas
confirmam essa afirmação

uma moça observa-me escrevendo
talvez ela espere um poema
talvez a poesia a toque
talvez por ela eu consiga não ficar aqui no rush
eu consiga conectar
meus sentidos táteis
com os poros poéticos do Universo ▶

▶ há que se ter uma via aberta
um ponto onde a poesia possa lhes contagiar
quem sabe se eu tossir?
quem sabe se eu espirrar?
já sei
vou rasgar a carne e sangrar
vou doar meus olhos, meu tato
meus sentidos para cada um de vocês

vou morrer mais um poema

espero tê-los infectado de poesia.

Há sinais e sintomas de que o fim está próximo
Homens da lei que matam crianças
Homens que fazem leis que condenam mulheres
Corpos pretos que sofrem a paixão e a ira, mas quase nunca o afeto
Copos de vidro que preenchem a solidão líquida, a euforia rápida, o prazer fluído
Corpos de carne que quebram como vidro devido à falta de densidade dos afetos
Óculos e corações de fundo de garrafa
para enxergar as ausências
para beber as carências
Mais uma dose, por favor
Um cachorro engarrafado,
um cachorro-quente
e pipoca
pra assistir ao fim
em poltronas reclináveis
100% couro animal
num ambiente refrigerado
a 23 graus Celsius,
imune à oxidação de minha testa de ferro, imune à despressurização dos oprimidos, imune ao CFC que rompe as camadas de ozônio, imune aos lactobacilos, aos estafilococos, aos preto-pobre tudo, imune ao sistema.
Bunkers subterrâneos de riqueza envelhecida em malte e fermento
aquecerão o ouro e diamantes
em lava vulcânica debaixo da crosta terrestre.
Do pó viemos, ao pó voltaremos.
Mais uma carreira, por favor
que essa de professor já nada me ensina,
que esses alunos já são fortes demais
que esse sistema é pesado demais
Mais uma carreira, por favor ▶

▶ que essa de poeta
já não me cabe
que nenhum livro jamais se abre
que faz tempo que ninguém
aprendeu a ler
e eu já tô rouca de gritar
e os ombros estão cansados do
braço erguido com o punho cerrado.

Há sinais e sintomas de que o fim está próximo
E eu torço pra que ele chegue logo,
que chegue antes do golpe,
que chegue antes de prenderem o Rafael Braga,
que chegue antes de matarem a Marielle,
que chegue antes de a polícia matar mais cinco garotos pretos,
que chegue antes de aqueles homens estuprarem mais oito amigas
minhas,
que chegue antes de vocês elegerem este presidente,
que chegue antes de a minha vizinha apanhar novamente do
marido, e que ela consiga fugir sem ser morta desta vez.

Há sinais e sintomas de que o fim está próximo
E eu espero que ele chegue antes de eu sentir novamente o
fracasso
de não poder erguer a voz e o braço e ter de engolir esta p* depois
de pagar b* pra esse sistema macho falocêntrico e branco que g*
na nossa cara e nos chama de p* pois somos pagas pra manter seu
prazer e privilégio capital de cidadão de bem.

Há sinais e sintomas de que o fim está próximo
e hoje já faz 7 anos, 9 meses e 21 dias que eu não uso nenhum
entorpecente que me engane e tire o peso desta lucidez cortante
que me inflama o peito e me dilacera a carne cada vez que uma ▶

▸ mulher ou uma criança é arrastada,
cada vez que trabalhadores enclausurados num tubo de
metal (como gado) passam por cima do corpo morto de outro
trabalhador, aliviados por não se atrasarem mais pro trabalho.
Estou lúcida.
Penso que estou.

Há sinais e sintomas de que o fim está próximo
E eu não julgo quem não usa açúcar ou não escreve metáforas, pois
manter a realidade debaixo dos pés
e o coração dentro da boca
é decisão sábia nos dias atuais.

Há sinais e sintomas de que o fim está próximo
E apenas uma certeza
o nosso amor,
o amor entre duas mulheres,
não precisa de cura

O ÚLTIMO POEMA

A cada três minutos, um palhaço comete suicídio
A cada trinta segundos de rotina, 47 poetas são mortos
Cerca de 73% da população operária já foi, um dia, poeta
O genocídio de artistas pelo capital tem dados alarmantes
E confirmando as estatísticas
aqui jaz o poeta

O poeta morreu

Foi sufocado por contas a pagar
horários a cumprir
e metas a bater

A rotina matou o poeta

Toda a sensibilidade foi congelada
e colocada em tubos de ensaio
para ser entendida por gerações futuras

O poeta agora pensa dentro da caixa

Pude ver seu corpo quase sem esperança
na porta do CCBB
rondando as estações de metrô
esperando que algum amigo lhe oferecesse um livreto

mas ninguém lhe ofereceu

E ninguém ofereceu lugar para a poesia, já cansada, se assentar

O poeta a carregou por um tempo nas costas ▶

▶ Teve sonhos de por ela viver
mas não suportou viver com ela

Ali está o corpo do poeta
estendido no chão

Golfadas rubras de espírito líquido
escorrem de sua boca

A morte do poeta é também poesia

E é seu último manifesto

mas ninguém viu
ninguém percebeu

pois o corpo do antigo poeta
seguiu para o seu trabalho

um pouco atrasado
constrangido
sem ter como explicar

não há desculpas

o poeta se burocratizou

e já não se diz mais poeta
tem orgulho de ser operário
(com foco, força e fé)
cumpridor de horário
tem emprego fixo ▶

▶ carteira assinada
e vai juntar seu 13º salário
pra comprar livros de autoajuda
(e esqueceu onde guardou seus escritos)

talvez visite algum sarau, mas escondido

E se alguém perguntar
vai dizer que poesia é chato

vai dizer que precisou amadurecer
vai argumentar algo sobre realidade
sobre sucesso, dinheiro e estabilidade

vai fingir que conhece a felicidade

e citar Sun Tzu pros desafios da vida

É, não é fácil se assumir suicida.

Senhoras, senhores e outros gêneros,

Fica decretado, a partir deste segundo turno,
Que acabou a polarização.
Vamos agora todxs num só rumo
Sem essa de arroz ou feijão,
Quiabo ou damasco,
Coxinhas ou mortadelas.

Fica terminantemente proibida a bateção de panelas, que a partir de agora viverão cheias, independente do material,
Seja de inox ou Teflon.

Afinal, quem é que acredita nessa distinção entre bem e mal?
Raiz ou Nutella, Civil ou Capital,
Comunista ou Cinderela,
Bela, recatada ou do bar.

"Gente é pra sonhar"

Não pra morrer de tiro.
Não pra ser calado.
Não pra atirar.

Fica instituída a partir de agora a sabedoria. E de hoje em diante todo mundo vai entender o que é democracia e ter direito a ter opinião,

a ter diploma, emprego e religião e a não brigar pela fé.
Pode ser, poeta, cantor ou artista.
Pode viver de sonho,
Só não pode ser nazista. ▶

▶ Que é diferente de comunista
E alguns que não sabem fazem grande confusão.

O politiquês será traduzido ao populês, ao pretuguês,
à solucionática do pobrema,

tudo será falado em poema

que é pra bom entendimento.

E entenderemos o que são ruanês, economês, burguês, CPMF, ISS,
pra nunca mais escassez.

Aprenderemos que fascismo
é resolver tudo na bala,
ditadura

é silenciar todas as falas,

e tortura

é maltratar pra gerar medo.

Escolheremos não ter segredo sobre nossa identidade e orientação.

Libertaremos todo padrão e viveremos vida de patrão.

Fica instituído, decidido, de forma elucidada, clara ou escura
o direito

ao pão, à paixão, ao tesão, ▶

▶ independente de por onde saem ou entram os desejos.

Fica estabelecido o valor do beijo, dos poros e pelos, e que a única necessidade numa relação é

de consentimento, amor, acalanto,

e dançar em qualquer canto

Fica estabelecido a partir de agora que vamos ouvir a voz de quem sonha mais alto do que a voz de quem teme.
E vamos rir de meme e levar a sério o textão.

Vamos debater olhando no olho, independente do resultado, vamos nos importar com quem tá ao lado.

Entre outras mil, és fake news desmascarada.

Seguiremos sorrindo, cantando, dançando e buscando

justiça, igualdade e pão.

Por desejo, liberdade e tesão.

Não aceitaremos ser a nação do fascismo, pois somos a nação do fascínio.

"És fascinação, amor!"

LIBERDADE

Eu queria trazer palavras de liberdade,
mas lá fora as pessoas estão presas em seus trabalhos,
aprisionadas no transporte público lotado,
hipnotizadas por seus celulares.
Faz um tempo que ninguém olha no olho.
Faz um tempo que ninguém se abraça.

Mas hoje de manhã,
sem ninguém perceber,
eu segurei as mãos de uma companheira
e me lembrei do que se trata o afeto.

E agradeço por ter o céu por teto,
e por ter o sol, vez em quando,
a me banhar.

Já faz tempo que não vejo a lua
e ainda guardo o uivo dela aqui no peito,
e ouço meus sonhos,
sempre que me deito,
que eu só confio na voz que sai daqui de dentro.

Mas hoje cedo
um passarinho de pluma azul me visitou
e trouxe histórias que,
considero, são a verdade
das memórias que trago
da realidade:
cores, sonhos, cheiros, pessoas,
histórias, amizade. ▶

▶ Tudo isso
é que se chama
liberdade.

Dedicado às mulheres em situação de privação de liberdade da Colônia Penal Feminina de Buíque/Pernambuco.

LUIZA ROMÃO

FADIGA

sozinha
penélope desfia
desafia
abutres, o filho, a multidão

mas os deuses aplaudem ulisses

NÚMERO DE REGISTRO

a filho não ter o filiação da pai
no certidão de nascimento
é hábito antiga
agora o mãe exigir direito à aborto
é uma crime de vida

em algum casos
não só a gramática
sofre concordância de gênero

CORAÇÃO DE FRANGO

e o coração,
quanto pesa?

perguntou ela
moça magrela
de expostas costelas
ao homem bigodudo
detrás do balcão

depende
de carne ou de frango?

intrigada
não entendeu
pois era do dela
que tratava

sabia que pouco valia,
era carne fraca
sangue de anemia
que batia mais por inércia
do que por serventia

na verdade
eu queria fazer uma barganha
trocar quem sabe
meu coração
por um naco de picanha

o homem não estranhou a proposta
da moça de costelas expostas ▶

▶ era a terceira vez
que vinham lhe oferecer
aquele estranho produto
já conhecidamente sem uso

mas por pena ou caridade
lhe ofereceu em troca
duas asas de frango
o que era muito
comparado ao seu tamanho

faminta
aceitou sem demora
lambuzou-se com as asas alheias
visto que ela
bicho terreno
não conhecia tais atrevimentos

até hoje não se sabe
se foi a gordura espessa
ou a carne fibrosa
(tão desconhecidas para seu corpo de menina)
que lhe causou alucinação
fato é que
munida da carcaça das duas asas
uma em cada mão
acreditou-se ave

ave-maria

do parapeito da janela
estufou o peito externo
de um só golpe ▶

▶ sentiu o corpo leve
o voo foi breve
a carne mole
moída na calçada
parecia que indagava

e meu corpo
quanto vale?

MAL-ENCARNADA

tire sua cruz do caminho
já não bastou caminha
e anchieta
querendo lacrar
minha bu... chega
que esse papo eu decorei
que esse papa não é rei
orei
pelo fim dos ianques
vejo cristo sobre tanques
lugar de fé é no altar
não no palanque

fomos tantas
tanto tempo
silenciadas
joanas d'arc estrangeiras
nossa guerra dos cem anos
é dentro da fronteira
fomos matéria-prima
corpo a prêmio
passatempo de feitor
em nome do pai
do marido
e do espírito do pastor
se falas tanto em igualdade
pra que manter um senhor?

com seu bom partido
não quero aliança
suas bodas de ouro ▶

▶ suas botas de chumbo
só multiplicam defunto
solteira viúva casada
que importa
meu estado civil é laico
e seu paradigma
arcaico
arque com as consequências
de ser nação-bastarda de nascença
o nome ausente
vazio de progenitor
de quem se nomeia patriarca
mas não passa de estuprador
miscigenar
verbete bonito
estilo requintado
mas que camufla o ventre violado
mas isso não existe
imagina
tantos querendo ordenhar minha
va... xinga
de mal-amada
mal-comida
mal-educada
mas pro homem de bem
sou a mal-encarnada

MANIFESTO

poesia é a palavra em estado de lança-
-chamas que faz mijar na cama
quando não samba
é lama em pé de criança
e rasgar teia de aranha

poesia é a vingança da cigarra
enforcar a última formiga
nas tripas do último louva-deus

poesia é o império do ócio
é trabalho e não negócio

pense num despejo
não há poesia que resista
à arquitetura retrô de um new-shopping-vertical
faltam eufemismos
quando viaduto vira casa
e ponte se torna lar

eu só acredito num soneto sujo de terra
perfeita métrica
de alicate com cerca elétrica

você quer entender o que é poesia?
o primeiro passo é desaprender gramática
é preciso entender a lírica
de cinco mil famílias exigindo moradia
é preciso desmontar corretores
para entender a semântica ▶

▸ de uma mulher se tocando pela primeira vez
aos quarenta e oito anos

quando inicio um verso
converso
com as dezoito mulheres
que antes de mim
sim
tiveram fala estéril

poesia é mais do que denúncia
é revide
de mão fechada
e peito aberto
que sem pulmões
um poema é abscesso

alerto
caneta é artimanha de boteco
poesia está no inverso
é cicatrizar os pulsos
erguer os punhos
que renascer se faz na luta

LUZ RIBEIRO

ESPANCAESTANCA

como faz pra apagar uma lembrança?
quem estanca o que a memória espanca?
isso de ser mulher que sangra:
pelas pernas
pelos peitos
pelos olhos
me ilha em mim

JE NE PARLE PAS BIEN

excuse moi, pardon
me...

je ne parle pas bien français
je ne parle pas bien anglais non plus
je ne parle pas bien
je ne parle pas bien
je ne parle pas bien
je ne parle pas bien

eu tenho uma língua solta
que não me deixa esquecer
que cada palavra minha
é resquício da colonização

cada verbo que aprendi a conjugar
foi ensinado com a missão
de me afastar de quem veio antes

nossas escolas não nos ensinam
a dar voos, subentendem que nós retintos
ainda temos grilhões nos pés

esse meu português truncado
faz soar em meus ouvidos
o lançar dos chicotes
nas costas de couros pretos

nos terreiros de umbanda
evocam liberdade e entidade
com esse idioma que tentou nos prender ▶

▶ cada palavra separada
me faz relembrar
de como fomos e somos segregados

nos encostaram nas margens
devido a uma falsa abolição
que nos transformou em bordas

me...
je ne parle pas bien
je ne parle pas bien

tiraram de nós o acesso
a ascensão

e eis que, na beira da beira, ressurgimos
reinvenção

nossa revolução surge e urge
da nossa boca
das falas aprendidas
que são ensinadas
e muitas não compreendidas
salve, a cada gíria

je ne parle pas bien
temos funk e blues
de baltimore a heliopólis
com todo respeito edith piaf
não é você quem toca no meu set list
eu tenho dançado ao som de "coller la petite"

je ne parle pas bien ▶

▶ o que era pra ser arma de colonizador
está virando revide de ex-colonizado
estamos aprendendo as suas línguas
e descolonizando os pensamentos
estamos reescrevendo o futuro da história

não me peçam pra falar bem
parce que je ne parle pas bien
je ne parle pas bien
je ne parle pas bien, rien
eu não falo bem de nada
que vocês me ensinaram

EU, QUE SÓ SEI ABRIR JANELAS

ontem mesmo eu ouvi o marcelino ler jorge
o texto falava sobre
o que ser quando crescer?
escrevi:

desde menina, escrevo
mesmo sem saber
fui dessas crianças com asas
criadas em gaiolas
de ver a rua pelas grades do portão

janela com vista pra laje
laje tão perto dos fios
de alta tensão
quase corajosa beirava
os limites

escorregar barrancos
girar em ferros
balançar na porta
contar degraus

comer
- capim
- tomate-cereja
- maria-pretinha
... devorar o quintal...

aprendi a andar de bicicleta
pedalando em círculos
no mesmo espaço
desconheci pedalar em linha reta ▶

▸ programações preferidas
- acordar cedo pra anotar comercial
- fazer exercícios segurando pesinhos
feitos de açúcar
- fazer o cachorro de travesseiro
- esperar o sábado chegar
só pra assistir a contos de fadas
e dormir antes de começar

lá atrás eu tenho saudade
de dois tons de pretos
saudade que eu pouco pronuncio
por ser uma dor imensurável
afinal a saudade
essa foi mesmo feita pra doer
um desses pretos
me ensinou cedo sobre isso
o outro mais cedo ainda
...
cê já viu quanto leva pro preto apagar?
...
dizem que eu queria ser
- manequim modelo
- artista
- dançarina
- cantora

eu me lembro de querer ser
- pai
pra brincar de dia
- professora ▸

▶ talvez por gostar de aprender
- grande pra abrir o portão
que eu já alcançava
- inventora, mas desde lá
era dada a invenção

queria visitar
a marte
a morte
a sorte
um lugar longe do chão

quis muito ter amigos no recreio
ser só por opção

antes de conhecer a canção
descobri que soro tinha gosto de lágrima
e igualmente ao choro
dava pra fazer soro em casa
e que ambos lembravam o gosto do mar
quando sentia saudade do choro
fazia soro
quando lembrava do mar
chorava

já tentei ensinar
meu sobrinho e duas cachorras
a ler ao mesmo tempo

nadar na caixa-d'água
em pé
empinar pipa no varal
balançar na rede ▶

banho de mangueira
quando mãe lavava escada
banho de chuva
quando deus deixava

dar nó na gravata do pai
querer ser o cheiro
do abraço da mãe

embora aguasse por ver o que cabia fora
gostava tanto do que tinha dentro
que, até hoje, suspeito
que pouco abri o portão

MULHER DE PALAVRA

sou mulher de papel
me compõem celulose e celulite

me derreto fácil
me arremesso frágil
me quiseram ágil
eu leito, tento

sou mole de iguais peitos flácidos
e seio farto
outrora plácido
hoje turbulento

minhas estrias são mapas
que não levam a lugar algum
são marcas de uma cansável aceitação
de quem já ousou caber nos incabíveis:
38, liso, moda, mídia, média...
fracasso, eu não me caibo
meu mundo é vasto
número 44

punho de aço
cabelo em riste
o abraçar insiste
mas me mudo rápido
solidão persiste

amorenaram-me e eu amornei
me queriam quente
mas sou ardida ▶

▸ instantaneamente em três minutos
fico fria, vê?

como mulher meu papel
deveria ser o de cuidar da família
deveria ser o de servir a meu esposo
deveria ser o de gerar cinco filhos
deveria ser o de criar os cinco filhos
e ainda cuidar dos cachorros
deveria ser o de propiciar gozo

mas eu devo e não nego
e essa dívida é uma dúvida
e na dúvida deixo o pagamento
em aberto

estou fora do prumo
não ando nas linhas
extrapolo as margens

sou papelote
sou só um risco na folha
e arrisco riscar poesias

eu rio ansiando amar

em mim, só o riso é frouxo
talvez os braços também
deixo todo o mundo escapar
permanece o que convém

as pernas são fortes
o chão é que me escapa ▸

▶ com mania de voo
poemas dão asas

eu não estou nos livros
por isso escrevo histórias
o avançar do calendário
demarca minha trajetória

sou mulher de papel
no papel e fora dele
que oxalá me permita agora
ser uma mulher de palavra

MAMÃE

mamãe,
como nunca suspeitei que era sua filha?
tanta onda batendo no peito
transbordando pelos olhos
salgando o rosto

carrego tantas pedras rochosas, mamãe
que pesam aqui no meio
pesa a cabeça
pesam as costas
e eu não alço voo faz tempo

sempre quis ser menina-pássaro
mas já viu asa molhada bater, voar?
é tanta maré alta
que me sinto afogada em mim
e afogo tanta gente
até me permito morrer
pra achar alguma esperança de vida

dentro do mar tem buraco, mamãe?
se tiver eu tenho
esse entre as pernas
que já engoliu até gente que quis me desbravar
inocente, eu sou toda buracos fundos
e me banha água muito fria
não fui feita pra esquentar

mamãe,
eu nunca aprendi a nadar ▶

▸ no máximo boio
mas eu queria mesmo era flutuar

mamãe,
me ensina a me equilibrar em mim?
me ensina a me mergulhar?
me ensina a não temer o amar?

me torna mar manso, mamãe
onde eu possa receber quem me saiba nadar
que eu carregue areia mais fina
pra que queiram se deitar
que minha cor seja o som de um blues

porque assim, mesmo que eu não receba ninguém, mamãe
que eu me saiba contemplar

MARIANA FELIX

Capitu

MANAS

Experimenta trocar a frase de lugar:
Você me pergunta se eu já lavei a louça
E eu pergunto se pra guerra você já foi lutar
Mudou em quê? Em nada!
O machismo continua em nossas frases endereçadas ao outro gênero
Obrigação social em que reproduzimos o mesmo machismo nojento
Eles que têm que entender: não sou obrigada!
A ajudar na renda da família e sozinha arrumar a casa?
Jornada dupla? Não quero! Não me agrada!
Mas se dividirmos os afazeres quem sabe a gente não arruma até a sala?
Não precisamos!
Nos igualar ao opressor
Sermos nós as causadoras de danos
Não me misturo!
E a cada soco dado em uma de nós
Com mais desprezo e ódio, sim, eu retribuo
Não na porrada...
O que faz dele um animal
É o seu ponto fraco
Eu quebro ele é na palavra
Eu ando armada! Da melhor arma!
Consciência e sensibilidade é marca
Em cada uma de nós já registrada!
Também sangro a cada mina violentada!
Eu entendo a guerra!
Mas você entende que muitos vão
E nunca mais voltam dela
Não quero perder mais guerreiras ▶

▶ Empoderar as minas também é ensiná-las a não marcar bobeira
Com mente, coração e corpo tão vulneráveis
É fazê-las entender que merecem, sim, um relacionamento de verdade
Com respeito, amor e amizade
E os caras? Ainda não viram nada!
Somos maioria, imagina todas nós empoderadas!
Mundo digno em que nenhuma de nós leve tapa na cara!
E esse mundo vai acontecer sem que eu precise dar golpe.
Eles não conseguirão me transformar em uma pessoa violenta
Pra que com a minha ideia ele concorde
Sou forte!
Sexo frágil é o que eles têm entre as pernas
Não se equivoque!
Se eles só sabem bater
Sabemos pensar, olha que sorte!
Juntas somos mais fortes!
Respeito cada qual no seu corre
Se manifestar é importante
Mesmo que você não seja do tipo black block
Entendeu o toque?
Não é touch screen
Não deixe só a internet falar por si
Quero ter certeza de que você sabe se virar sozinha
Porque à noite é só você e a rua vazia.
Volte pra casa bem, querida!
A violência que os homens praticam há anos não me define!
As manas me ensinaram o melhor grito de paz pra guerra na qual a gente vive:
“Meu bem, o choro é livre!”

MULHER

É com M
Maiúsculo
Seguido de tudo que eu quiser:
Sou Mulher
Cores
Sabores
Cheiros
Amores
Não é só entre quatro paredes
Que gosto de (ser)pente
Me penteia
Com os dedos
Suor misturado escorre o peito
Mas não tropeça
Eu gosto de seguir em frente
Se de repente a gente acabar entre parênteses
Prossigo a frase
Faço baile
Disfarçada de bailarina
Sonho de menina é ser mulher
Mulherzinha
Mulherão
Quando eu quero
Abaixo o tom
Pra envolver
Nos enrolar
Passa por baixo
Do meu batom, deixa ele borrar
Faz rabisco
Da gente
Toca tudo ▶

▶ Feito fita e disco
Vitrola
A gente se enrosca
Me roda
Encaixa a nota
Canta
Dança
E torta faço minha curva
Aquela a meia-luz
Seminua
Vestida de mim
Ou algo assim
Não tenho Bíblia
A ser seguida à risca
Ao inverso, sou contramão
Oposto do coração de mulher
É solidão
Etiqueta?
Arranco todas sem problemas
Ética?
Popularidade?
Pra quê?
Sou time inteiro
Sem desfalque
Só não me parte
Ao meio
Sou como fruta
Ainda viva
Longe do faqueiro
Admira
Me colhe do pé
Quem sabe o que é amor
Valoriza quando recebe de uma mulher

VERMELHO

Amanda, seu batom vermelho me representa!
Nas noites de gandaia
Chama as amigas
Não mede o tamanho das saias
Vestida de tantas outras
Das trans
Das drag
Das putas
Das loucas
Das butequeiras
Fabiana, seu batom vermelho me representa!
Nas noites pacatas
Em casa
Carinha o lábio que não foi beijado
O batom que não foi borrado
Lembra enquanto penteia os cabelos
Dos encontros, desencontros, do amor verdadeiro... que não veio!
Veste o sonho mastigado
Enquanto deita
Luciana, seu batom vermelho me representa!
Nos dias de dança
De briga
De esquina
De rua
Quando você fica nua...
Só com o batom vermelho
Que não pede espelho
Nos olhos do amor da noite ela se vê por inteiro
Mariana...
Que se esquiva no metrô, no trem
Dos apertos ▶

▶ Das encoxadas
Das piadas
Dos puxões no cabelo
De batom vermelho!
Pede espaço
Grita alto
Quero respeito!
Abaixa essa mão!
Não toque nos meus seios!
Me deixa em paz com meu batom vermelho!
Ela é pequenina
Gigante por fora
Por dentro menina
Porta escancarada
Sem chave
Que todo sorriso entra
Juliana, seu batom vermelho me representa!
Ela é vermelho manifestação
Vermelho erupção
Vermelho sedução
Vermelho coração
Deixa ela ser vermelho
No batom!
Somos tantas
Somos uma
Somos luta!
Sangrando a dor do parto
No escuro do quarto
Dos que foram embora
Sem nem ao menos terem se importado
Vou gritar alto!
Subir ou descer do salto, não importa
Nem o batom vermelho ▶

▶ Vou repetir pra que dessa vez
Você me entenda!
Ana, não é só seu batom
Você me representa!

ASFALTO

Terra seca
Batido asfalto
No alto de províncias divinas
Alan, quinze anos, baleado
Nem choro nem vela
Impede sentença
De capitão do mato
Fardado, quando te mira a cabeça
Pensa!
Muda a oferenda!
Que dinheiro não serve
São exatamente as notas no bolso
Que nos diferem
De quem nos persegue
Moeda de prata?
Arranjo duas e o escambo é cachaça
Que não me mata!
Mais que mosquito
Bandido
Partido
Juras ao pé do ouvido
Mentira!
Como se ama em cidade cinza?
Ela anuncia
Novos tempos
Impeachment
E a urna gira
Mais que roleta-russa
Quando seu nome não
Está na quadrilha
Ache seu par... desfila! ▶

▶ Só não assina
Burocracia
Que te cobra para amar
Quem você chama de vida
Então viva!
Muito além da Bíblia
Fé é o que nos move
E a sua talvez seja diferente da minha
Mas aproxima!
Meu sangue de corpo magro
Mesmo sangue do seu corpo gordo
Esse meu cabelo crespo
Mesma essência do seu cabelo loiro
É o que você tem entre as pernas
É o que jorra de mim todo mês entre elas
É lembrar de olhar pra cima
Quando se sentir pra baixo
É lembrar de medir o passo
Pra enxergar quem corre do seu lado
Ficarmos juntos no escuro
Quando o apagão for anunciado
Revezarmos os baldes
Quando a água tiver acabado
Acalma o passo!
Você corre tanto pra alcançar qual lado?
Cuidado!
Que muito canhoto
É destro, mas porque foi obrigado
111 tiros não mataram 5 bandidos
111 tiros mataram 5 meninos
Que nunca mais vão poder ouvir o que digo!
Que seja mais que Carnaval ou Santa nossas sextas e terças-feiras
Você vai de novo esperar o Natal ▶

▶ Pra finalmente dizer que ama sua família inteira?
Como a folha verde que seca
A cada conversa
Busco água na raiz
Mas nem sempre tem chuva, me diz
Vivo de vilas
Mas nem sempre é Mariana
Procuro luzes em tantas
Quem me dera ser Paulista
Mas sou São Miguel Jd. Romano
A luz é pouca
Morar na ZL é amor
Mesmo não sendo escolha!
Faz seu corre
E lembra que amar seus iguais também é ser nobre
Pensa no asfalto
Tem uns que pisam
E outros que nele se aconchegam de lado
É ser silêncio
Pra ouvir o batuque da voz que vem de dentro
Muito mais que iPhone
Google
Sobrenome
Carro blindado
Do meu automóvel eu sempre amarro os cadarços
E sigo
Pedindo à Deusa pra não ser confundida
Feito Cláudia em uma esquina
E arrastada pela quadra vizinha
33 era a idade de Cristo
Quando pelos "justos" foi crucificado
33 foram os que estupraram
Dois tipos diferentes do mesmo assassinato ▶

▶ Por isso eu faço sempre cada dia valer a pena
Sou tipo bomba-relógio
Em país que só pobre paga sentença.

LOUCA

Quando você ri de mim
porque estou brava
ridicularizando minha causa
nem é o sorriso em si
que me maltrata
É a ausência de palavras
Porque o seu deboche
é o baque forte
que fere feito corte
E dói imaginar que a minha ausência
seria nobre
Já que não meço minhas palavras
Já que não meço o tamanho de minhas saias
Já que não meço minha intromissão
"Você está louca" é a frase-padrão
Padrão fitness de academia
Padrão tamanho 38
Padrão sem celulites e estrias
Padrão silêncio
Porque grito meu que vomito do peito
te enoja
E eu procuro outros cantos
onde meu canto
possa ser eleito
Candidato à revolução apenas uma vez
Presidenta de minhas razões
Não a vagabunda, ou a puta
Não a que gerou vocês
Assim... se consideram gigantes
mas se esquecem por um instante
Força não é poder! ▶

▶ Trazemos no colo
Navalhas!
Nos seios sem consentimento apalpados
Armas!
No ventre tantas vezes invadido
Facas!
Em nossas costas roçadas
Muralhas!
Na guerra civil cotidiana
Sermos surdas aos assovios
Nos mantém planas
Anas, Flávias, Marianas, gostosas...
São nossas faces de desdém da sua insulta lógica
De se achar no direito de invadir meu espaço
Com suas frases atravessadas porque não caminho com um homem ao lado
Nem à frente... como se eu tivesse necessidade de um guia
Traduzida por um homem que de minhas palavras se apropria
Não... não mais!
Quero que ouça
Voz não nos falta, rapaz!
Pra quando quisermos e falarmos mais alto
pra lutar, sim, por nossos lados, com distância
de mais de um palmo
Entre o seu corpo e o meu
É direito! Se eu não te convidei pro abraço
Afaste-se!
É esse seu beijo, com a mão na minha cintura
Que me causa alarde
Causa incômodo
Você já se questionou se eu quero mesmo sua mão deslizando pelo meu corpo?
Se não souber a resposta, contenha-se ▶

▶ O que me conquista não são suas investidas
Mas, sim, quando me olha de frente
Rente!
Sem medo de mulher que chora
Que põe pra fora
Que te explica tantas vezes
Porque andando na rua à noite
Tem medo de ser morta
Nosso 8 de março, história!
Que os livros não contam
As 129 mulheres queimadas
Por serem consideradas as tais "loucas" de outrora!
Vitória!
Se querem mais direitos aos homens
Troquemos de lugar
Quem aceita a proposta?
O mesmo que nos chama de feminazis aceitaria?
Ou a irmã que diz que câncer de próstata
Mata mais que pedofilia?
Entenda que, se somos feminazis,
Os homens são a Igreja católica,
Que já matou mais que as duas guerras!
Mas que sempre encontra novos beatos pra defender sua honra e glória!

MEIMEI BASTOS

CÁRCERE

dedico-me ultimamente
à infeliz função de
carcereira

tornei-me Bangu
presídio
de segurança máxima
para os meus poemas mais
inconformados

apesar de vacilante
tenho andado na linha
seguindo rotinas
contendo rebeliões

às cinco da manhã
transfiro
os versos
para uma cela
cansada
maldormida
e se dali tentam fugir
advirto-os
do horário

às seis e meia
na mira de 53
corpos amontoados
na estrutura metálica
e fria
apaziguo sua revolta ▶

▶ lembrando-os
das dívidas

às sete e meia, o ponto
não há reboliço
estão todos tecnicamente
contidos
Control C
Control V
e
se algum mais ousado
se manifesta
delete

meio-dia
o Sol em Zênite
em fileira, dor
versos tostam a moleira
e descontentes
berram
liberta-nos!
silencio-os.
considerando
o 13º

quando trazem ideais
de sonho:
solitária.
em celas tão escuras
quanto os rostos cansados
no pau de arara ▶

▶ às dezoito horas
na volta
prendo um e outro
mais agitado
no punho daquela
senhora negra

o céu de nuvens craqueladas
reflete o vermelho da sua revolta contida
da soalheira das ventas infladas, o mormaço

esta hora do dia é a de maior periculosidade

do contrário de vencidos
eles
no lugar de quem se entrega
eu
assisto passiva à minha redenção
cativa daquilo que
em mim reprimo
estou refém
de um subverso
expondo-me
à covardia

DIZ DO AUTOAMOR, OU SIRIRICA

quando menina me diziam:
SE TOCA!
se comporta,
senta direito,
fecha essas pernas,
isso não é coisa de menina!
não pode isso,
não pode aquilo.

SE TOCA!

anos depois,
virei moça.
da infância resistente
carreguei o apelido:
Maria João.
sem entender direito aquilo,
eu achava bonito
fazer como os meninos.
correr sem rumo,
sem me preocupar com saia,
atrás de pipa
e de bola.

até que me gritaram:
JOGADA!
daí, vieram os nomes sujos.
mesmo com a patrulha
e os cuidados de meus pais,
meu destino pro povo tava dado:
puta ou ▶

▶ drogada.
esse é o futuro
de moça que se mistura!

se tivessem apostado no "mãe solteira"
teriam acertado.
(esse status eu tenho orgulho em carregar, porque
me neguei a
ser saco de pancadas e fugi ao primeiro sinal de
taca)

e da infância resistente eu carreguei a
teimosia,
fiz TUDO ao contrário.

o que eu não entendia era que eu não fazia
diferente dos meninos,
mas os palavrões só se referiam a mim.

SE TOCA!

você é mulher,
tem que se dar ao respeito,
tem que se valorizar!

SE TOCA!

e, então, eu me toquei.
toquei meus cabelos,
meus lábios,
meus seios,
minha pele,
meu clitóris,
minhas marcas. ▶

▶ aaah...
me amei!
amei a forma e a
textura dos meus cabelos,
a cor da minha pele,
meu corpo,
que imita meus cachos,
que mesmo marcado
pelas estrias da vida
é belo na sua (r)existência.

amei a minha história
de menina criada em quebrada,
senti orgulho do lugar de onde eu vim
e de tudo que eu conquistei até aqui!

e, num orgasmo,
presente dado por mim,
para mim
por minhas mãos
de dedos sensíveis
e calejados,
me senti e
me aceitei,
assim como sou.

agora nem pele clara,
nariz fino,
cabelo liso,
português bem dito,
rua asfaltada,
CEP grã-fino, ▶

▶ nem mesmo farda,
nada me rebaixa!

e eu não pertenço a ninguém!
me tocar foi o melhor presente que me dei.

DESABROCHAR

levou um tempo
até que eu entendesse
que era eu
não você

que toda vez
que eu espontaneamente
esboçava alguma opinião
contrária e você se zangava
era eu

eu
não você

enganada, acreditava que era você
a causa de tanta alegria
e quando deitada no seu vazio
me culpava por não encontrar nada
e achava que era eu quem não sabia procurar
ingrata
é sempre você
insatisfeita
de TPM
reclamona
chata
desinteressante
insuportável
é brochante conversar com você

mas não era
era eu, não você ▶

▶ agora, vou dar risada por dentro
sabendo do meu engano
era eu
desabrochando,
não você

TEIMOSIA

quando me perguntaram o que era ser
busquei no que hoje não sou
pra dizer
que
fui criança morena
sem cor
mulher mulata
sem raça

invadem terras
saqueiam ouro e prata
marcam os corpos
vão as "coroas"
e fica a sabedoria
feita com raça
que não se desfaz no sangue
derramado

força pulsante nos seios das mães
grito aos meus:
resistência
pela existência!

de um passado glorioso ocultado
me diziam que se fosse presente
pela cor herdada
me restaria a dor
e eu não pude crer

ainda que aos meus olhos
fossem apresentadas ▸

▶ cicatrizes e
aos meus ouvidos, insultos
ainda que de mim fosse feito
o próprio preconceito
não era eu

mesmo que a mim fique imposto
o nada
que me obriguem a ser
um ser sem direito
sou calo em mãos e pés
resistentes
a teimosia nas universidades
excludentes
o compromisso da continuidade
da luta de um povo

sou a resistência ao não!

UTOPIA

aquela hora do dia
quando nenhum lado te privilegia.

não importa em que lado
do ônibus cê sente
ou a direção a que se desloca,
o sol forte vai bater na tua cara.

vivemos tempos ensolarados,
daqueles de deserto,
sem nenhuma miragem,
temos areia nos olhos
e quase nenhuma esperança.

em tempos como este
é ainda mais importante
lutar.

não somente contra o que nos arde,
mas combatendo aquilo que
momentaneamente nos cega.

é preciso lutar!
ao lado e pelas
muitas minorias
que dia a dia
enfrentam e
resistem
à escassez imposta. ▶

▶ na labuta diária há muito,
muito mais do que se vê.

há coisas nas entrelinhas
que não foram escritas
nem lidas,
mas são verbo.

é preciso lutar
para não se deixar abater.
para que o horizonte esteja mais próximo
para os nossos,
pelos que ainda vão nascer.

NEGAFYA

CONVOCAÇÃO

Um sorriso negro
Um abraço negro
Traz felicidade
Negro sem emprego
Fica sem sossego
Negro é a raiz de liberdade.

Eu sou a carne mais barata do mercado e você também é. Então eu o convoco pra essa guerra não declarada. Vamos usar a nossa arma, que é a palavra, e sim, se for preciso, pegaremos em armas. Nossos irmãos já morrem por nada, então dessa vez morremos por uma causa, que é a luta pela vida, a luta pela liberdade. Já dizia Malcolm X: “Não se pode separar paz de liberdade porque ninguém consegue estar em paz a menos que tenha sua liberdade”. E você tem essa liberdade, preto? Claro que não. Sai na madruga e arrisca sua vida, só por ser negro você não pode usar a roupa que quiser, pois pode ser considerado um suspeito. Então reaja ou será morto, reaja ou será morta. Eu os convoco para essa guerra não declarada em busca da nossa liberdade que já passou da hora de ser conquistada.

FERA FERIDA

Eu...
Eu queria que um corpo negro me abraçasse forte
Que pudesse escutar os meus anseios
Que fosse meu companheiro
Que enxergasse a beleza do verdadeiro amor preto
Mas...
O que eu recebo?
O desamor, a agressão, a maternidade solitária
Eu só quero sentir o acalanto do amor
Não sou pedra pra ser tão dura
Água bate até que inunda sentimento
Em alguns instantes abaixo armadura e
Mais uma vez o coração dilacerado, invadido, violado, desumanizado
Meu corpo desejado, almejado como medalha
Fera ferida pelo próprio espelho
Fera feroz pelo medo do falso amor preto

RAFAEL DA SILVA LIMA

Homem menino, aos 17 foi abatido.
Com pai e mãe ausente ele já segurava um pesado pente.
Já experimentou todos os horrores, em sua vida teve poucos amores.
Presenciando briga constante de pai e mãe ele se tornava cada vez mais distante.
Aos 13, sua primeira ação. Fez um assalto, deu tudo certo, aí fudeu! Ele já tava
no crime.
Mas, antes disso, experimentou o árduo trabalho, vendendo picolé na praia,
sendo humilhado pra ter aquele dinheiro suado.
Mas o mundo capitalista é perverso, irmão, ele viu seus amigos ostentando.
Tinha que ter dinheiro pra entrar nessa tal ostentação.
Preso várias vezes. A família dele só sentia os desprazeres, preso por um
período de três meses, a família achou que ele sairia dessa vida. Para o
desespero da sua avó esforçada, ele voltou a fazer as tal fitas na madrugada.
Mas aí, parceiro, no mundo do crime não existe amigo. Ele tinha que tá mais
que ligado.
Em 16 de janeiro foi fazer uma fita. Dinheiro grande. Divisão por igual? Quem
disse, os caras cortou no aço. Rafael da Silva Lima é morto com quatro tiros abaixo do
braço, quem matou se dizia aliado.
A notícia chega. Todos desesperados. Como avisar sua avó, se ela pode ter ▶

▶ um infarto? De repente ela acorda e olham todos calados, e os rostos cheios de
lágrimas, ninguém diz nada e ela simplesmente desmaia.
Cemitério lotado de amigos e parentes. Me aproximo do caixão e vejo um rosto
sorridente. Vem em minha mente tudo que passamos, os momentos em que
brigamos e brincamos. Com tudo isso eu só tenho uma coisa a dizer: primo,
eu te amo!

DESCENDENTE DE GUERREIROS

Sou descendente de Zumbi e de Dandara,
Sou mulher guerreira e injuriada. Venho aqui para cobrar tudo que nos foi
negado há 500 anos. Racistas não passarão!
Racistas não passarão!
Se preparem, brancos! Vou cobrar a minha mãe sendo estuprada nas senzalas
nas madrugadas, vou cobrar meu pai sendo jogado do navio por tentar resistir
à escravização.
Se você não escutou, vou repetir: sou descendente de Zumbi, eu vou cobrar a
morte de meus irmãos.
Racistas não passarão! Se preparem, brancos!
Porque sou descendente de Zumbi e Dandara, sou mulher guerreira e
injuriada. Comece a rezar para o seu deus que eu queira usar um diploma e
não uma arma para te derrotar nessa batalha.

BRASIL GENOCIDA

Racistas querem meu corpo pra estudo, racistas só visam ao lucro.
E eu ainda estou em busca da minha humanidade, eu tô na luta pra não perder minha sanidade e os pretos na diáspora aqui nessa cidade, rebelião é a saída sem piedade. E eu ainda estou em busca da minha humanidade, eu tô na luta pra não perder minha sanidade e os pretos na diáspora aqui nessa cidade, rebelião é a saída sem piedade.

Vocês não sabem de nada, vocês nem enxergam o tamanho da desgraça.

Violência obstétrica pra uma só raça, enfermeira que nem te reconhece como humana e culpabiliza pela causa, médico que mata vida pra ser menos um na massa, médico que mata vida pela quantidade que a vítima porta de melanina.

Sem perdão, mulheres que abortam sofrem tortura psicológica, lógica do Estado cristão.
Pretas, preteridas, feminicídio, menos uma na lista: Helem Moreira.
Pretas, preteridas, feminicídio, menos uma na lista: Cláudia arrastada.
Vocês não sabem de nada, pornografia incentivada, crianças parindo mão de obra barata.

Necropolítica para preto e pobre, cuidado, você pode ser o próximo da lista,
observa várias formas de genocídio, hospitalar, alimentar, oito horas esperando atendimento,
eles te matam devagar. Fala isso pros índios que tiveram sua mão decepada, sua cabeça degolada pelo agrogenocídio. Canibalismo, cadê o Deus de vocês que há 500 anos não tá vendo isso?
Vocês não não sabem de nada, vocês nem enxergam o tamanho da desgraça chamada Brasil.

ROBERTA ESTRELA D'ALVA

GARGANTA

A Garganta é a gruta que guarda o som.
A Garganta está entre a mente e o coração.
Vem coisa de cima, vem coisa de baixo e de repente: um nó.
E o que eu quero dizer...

Às vezes acontece um negócio esquisito:
Quando eu quero falar eu grito,
Quando quero gritar eu falo.
O resultado?
Calo.

Camadas e camadas de medo e amor recolhido.
Fendas, rachaduras, suco, bolsas, adenoides, esfenoides, mariposas, borboletas.

Dando adeus.
Dando a Deus.

Por que às vezes eu ainda fico só, sem Vós?
Sendo que tudo o que quero é estar com voz?
Por que Vós é quem me dá tudo.
É quem me dá a vida, o sustento e a alegria de cantar.
Por isso um dia pedi que Vós sempre comigo estivesse.
E um pensamento veio em resposta:
Duvidar que dentro de mim há voz não é o mesmo que duvidar de Vós?

DURA AÇÃO

Não adianta esmurrar a ponta da faca
Não adianta lutar como um guerreiro de Esparta
E exibir a cicatriz como prêmio da guerra
Ser a pedra que estilhaça o vidro da janela

O grito, o rosnar, a absoluta certeza
A absoluta razão, a absoluta regra, a absoluta beleza
O mais perfeito entendimento, a precisão, a destreza
O ouvido absoluto, a nota certa, a pureza

A perfeição vinda de um ser imperfeito é imperfeita
Um arremedo, uma mentira, uma imitação malfeita
E a rigidez, a dureza, toda dedicação em tentar consegui-la
É o mais precioso tempo perdido em tentar contemplá-la

Mas sou forte, sou viga, sou aço
Assim sei viver, é como me acho
Seguro, controlo, retenho, não vou
É o que reconheço, é o que tenho, o que sou

Subindo a escada que desce
Desfiando o tecido que tece
Vendo um bebê na criança que cresce
Indo dormir quando o sol aparece

Ai! que assim me quebro
Ai! que assim me arrebento
Ai! que assim continuo fingindo e pretendendo
Ai, me ensine a ser flor... ▶

▸ Quero ser rio, ser fonte, correr
Fazer sustentável em minha presença a leveza do ser
Quero brincar, florescer, coração
Quero meus pés em contato com o chão

E, se machucar, com um assopro sarar
Sem ver que dá certo: confiar, confiar
E rir muito mais e pouquinho chorar
E do lago pro rio, do rio pro mar

Dissolver as duras paredes que construí com músculos, areia e cal
E suavemente tornar maleável a dureza do metal
Retirar das flechas-palavras o veneno letal
Abrir mão do "sempre certo", do "sempre perfeito", do "ideal"

Correr o risco de sentir
Receber em meus braços, acolher, abrir
E quem sabe assim com as armas no chão
Poderei a mim mesmo entregar o perdão

Poderei a quem devo pedir o perdão
Poderei finalmente aceitar o perdão
Poderei calmamente aceitar quem eu sou
Quem eu fui, quem virá, e saber pra onde vou

ESPECULAÇÃO

Hoje eu acordei com a cama estremecendo.
O chão tremendo.
Por um momento temi que o teto desabasse.
Não, não era um amor ardente, antes fosse.
Nem terremoto, porque isso não tem por aqui.
Eram homens trabalhando.

Suas máquinas, batendo, fincando, enfiando estacas.
Dando porrada na terra.
Com a violência de quem precisa vencer à força.
De quem abre à força.
De quem não respeita a Força.
De quem com o falo-máquina perfura sem nenhuma delicadeza, espanca na força bruta, na pancada, na porrada, abrindo cratera, ferida. Pra edificar triunfo. Com domínio que não tem e que pensa lhe pertencer. Pra multiplicar dinheiro, dor, sofrimento. Por um momento tive medo. Que o trator atravessasse a parede e me triturasse na cama. Morreria soterrada, como em Mariana, pela mesma lama, pela ganância-grana de quem não sabe parar. Que mesmo aos gritos da Mãe Terra e com todos os sinais de que ela não suportará, não sabe parar. Me lembrei dos 33 violadores. Da palavra "empalar". Do cassetete que espanca. Das duas torres se desmanchando no ar. Da mancha do óleo que imobiliza a asa do pássaro. Do que aleija e mata. Melhor parar.
Me lembrei dos teatros que agora já não são. Do escorraçamento da arte, já sem chão pra sediar seus sonhos. Dos que não têm pão pra alimentar seus filhos. Dos que não têm voz pra defender suas tribos. Da desilusão.
Melhor parar.
Mas o chão ainda treme, e ainda com o coração aos pulos, em meio aos pensamentos que aqui registro, recolho o medo e insisto na ▶

▶ poesia, que serve pra nada, que serve pra tudo, esse grito estranho e mudo. Um rosário pra lidar com o luto e transformar essa ira em estado bruto, em alento, essa boa e velha raiva em cimento, pra edificar novos mundos, esse medo, esse ultraje em palavras, cantiga pra curar ferida. Voz que não cala e denuncia. Ritmo e melodia. Oração.

E baque continua batendo no chão. Homens trabalhando.

Edificando triunfo. Mas não há de ser nada, não.

Não enquanto ainda houver poesia e luta.

Não enquanto ainda nesse peito bater um coração.

SP/BRASIL

Nossa criação
é a solução
A arte como espada pra vencer a opressão
Empunho palavras
E abracadabra!
A transformação, a evolução em um só refrão
Por que o quê que nós queremos?
Ser livres!
Quando nós queremos?
Agora!
Sem demora, tá na hora, vamo embora
Guerreiros Jorges, Marias e Franciscos,
Prestem atenção ao som que bomba nos toca-discos
Zona Sul, Zona Norte, Leste, Oeste
O manto da diversidade é o que nos veste
Prédios, vigias, torres de comando
Bairros, vilas, trupes, grupos, bandos
Torcidas organizadas, trânsito desorganizado
Ágora onde se encontram presente, futuro e passado
Gente vinda de toda parte do Brasil e do mundão
Onde se prova do amor e da solidão
Cidade amada, idolatrada de problemas e diferenças mil
É de onde eu vim
É SP/Brasil!

SLAM BLUES - TAKE I

Deve ter sido quizila de santo
que quebrou todo o encanto
desandô a massa
num chegô no ponto
e o pranto desafinou o canto
E o tudo que era nada acabô sem espanto

Demo mole pro Demo, pro azar ou pro Kojac
Aí não deu mais tempo de desviar do ataque
fugir do baque
Praquilo passar tive que rezar o terço todo,
já que num boto muita fé no Rivotril
nem no tal Prozac

Histórias de amor que não dão certo são um saco
Elas estragam músicas
estragam pontes, ruas, camas, salas, roupas, pratos especiais,
cantinas italianas e bares

Daí comecei a entender o bom e velho Caetano
quando lamenta os belos "blues desperdiçados"
Ah! Isso não se faz, gastar pérolas musicais
Aquele som tão adorado
há tantos anos guardado
que fica pra sempre maculado
com o rosto do mal-amado incrustado
naquele refrão, naquela nota, naquele acorde, naquele canto,
naquele coro, naquele fraseado

Baby, won't you come set me free?
Oh, Lord, have mercy of me! ▶

▶ *Baby, won't you come set me free?*
Your love can save from me

Tenho pensado: o que importa de verdade?
Parece filosofia barata, mas é movência
ciência
vida ou morte, cruz e espada, vai ou racha
direto no núcleo ou ficar na casca
no maya, na paia, na cascata.
Na sombra do que não é
no vácuo do que já foi
ser pega no apego do ego
parada, presa no prego
olhar e não ver o que vê até quem é cego
não nego, no ego
Mas é que a paixão
O amor
A paixão
O amor
A paixão

Péra, péra
Um minuto, um minuto

Wait a minute!
Love and passion
They come through...

Paixão é carne
Amor é verdade
Paixão é mato
Amor é raridade ▶

▶ Paixão é ego
Amor é doação
Paixão é foda
Amor fecundação

Paixão é bom, bom
Amor é mais, mais
Paixão é fogo na roupa
Amor é paz, paz

Paixão é cinco minutos
Amor é aprofundar
Paixão é piscina aquecida com tobogã
Amor é mar

Paixão é vírus
Amor é lei
Paixão é Cobain
Amor é Marley

Paixão é telhado
Amor é fundação
Paixão é arrebatamento
Amor é construção

Paixão é Julieta
Amor é Fermina Daza
Paixão é hotel
Amor é casa

Paixão pode causar dor
Amor também ▶

▶ Paixão dura alguns anos
Amor, muito mais que mais de cem

Paixão é paixão
Amor compaixão
e essa é a contradição
Existem paixões que nunca chegaram um dia a ser um grande amor
mas não há um grande amor que um dia não tivesse sido uma grande paixão

É tudo isso, é nada disso
É simples e complexo, é muito mais além
Eu tô falando aqui toda prosa
mas eu tô que nem todo mundo
tentando entender também

É que neste mundo não tem professor
pra essas fita do coração ensinar
e se alguém encontrou um doutor
faz favor de me avisar
Nessa matéria já colei, repeti, já dancei, me esfolei
e só me resta sobre ela cantar
Porque que eu posso até vacilar, me abalar, me lascar
me acabar, me descabelar
eu posso até cafonar!

Mas eu nunca desisto de amar.

RYANE LEÃO

LET IT BLEED

não serei anônima
falarei meu nome repetidas vezes
contarei sobre todas as que vieram
antes de mim
uma por uma
não adianta tapar os ouvidos
porque cicatriz aberta
não ecoa só por fora
mas por dentro
verão minha existência
escorrendo
em todos os becos
em todos os muros
em todas as margens
em todos os centros

se toda história importa
e se só podemos mudar
aquilo que nomeamos
então seremos obras
com título, início, meio
e sem fim

audre lorde já dizia
se erga, diga EU SOU
e ninguém poderá te apagar
teu silêncio
não vai
te proteger

então grite ▶

▸ isso não vai te fazer
inabalável
mas toda mulher que fala
é invencível.

quando o dia não amanheceu
quando ajoelhada eu chamei pelos deuses
às duas da manhã no chão da cozinha de casa
quando o asfalto queimou meus pés
e as calçadas não deram conta de abrigar
meu choro
quando na minha cabeça moravam vozes demais
que me cortavam com aquilo que diziam
quando a garganta secou e o estômago ardeu
quando meus passos estavam turvos
quando pesadelos eram os sonhos
mais próximos
quando a memória só me sabotava
e me confundia a realidade
quando eu olhei no espelho e não
vi nada além do muro que criei
pra me defender
e mesmo assim
em pedaços
quando a minha carne sentiu falta
de toque e de afeto
quando despedidas ainda me pesavam
quando as luzes da cidade já não
me encantavam mais
quando eu tomei banho de chuva
até alagar por dentro
quando sempre desabando
nunca fincando os pés
quando todos os poros
estavam feridos

quando tudo foi fim
ainda assim ▶

▶ eu fui palavra
e por isso
não morri.

as histórias chegam até mim
inevitavelmente
a filha que levou meu livro
pra sua mãe internada numa clínica psiquiátrica
depois de sofrer violência doméstica
me contou que choraram juntas
que naquela primeira noite de paz
depois de tanto tempo
poesia foi redenção

a anciã que me mostrou seu caderno
cheio de anotações sobre sua família
e me perguntou o que fazer
hoje o livro em nossas mãos
capa vermelha e registro ancestral
o sorriso negro não nega:
nesse aqui e agora
poesia foi impulso

a amiga que baqueou, ficou de cama
a rotina esmaga, tira e não devolve
mas ela levantou
uma semana depois
ela levantou
relembrou que seus passos são antigos
e na sua cabeça ressoaram
melodias iorubá
nesse dia lembrou que era reinado
que era rainha
poesia foi caminho

aquela que desistiu
de cometer suicídio ▶

▶ nós podemos dividir
a loucura do mundo juntas
não temos que entender tudo
naquele primeiro suspiro de recomeço
poesia foi resgate

a poeta que não sabia que era poeta
e com sua voz hoje invade
os quatro cantos
posso ouvir a menina doce
criando narrativas novas
e bonitas
sua mãe cheia de orgulho
sua quebrada celebrando
quando declamou
poesia foi possibilidade

aquela que terminou
uma relação abusiva
porque leu um poema
sobre a importância
de não escapar de si mesma
pegou a cria, pediu ajuda pras suas
e foi embora pra nunca mais
nesse rompimento
poesia foi cura

as adolescentes que me contaram
que estão conseguindo enxergar
beleza nos seus traços e sabem
que seus cabelos e seus corpos
são livres
quem sabe possamos sofrer menos ▶

▶ pra compreender certas coisas
quando elas sorriram
poesia foi mudança

muita gente me disse
que eu devia gostar mais de mim
mas não me disse como
então eu busquei e percorri
as estradas mais doloridas
e mais necessárias
e encontrei os meios
que hoje divido
mesmo no cansaço
mesmo no abismo
divido

quando eu escrevo
poesia é motim

vocês entendem o quanto
eu também sou maior agora
poesia também é troca
poesia é a primeira e a última
chance
se é aquilo que eles
mais temem
então pode ter certeza
que é a ferramenta
de reconstrução
mais poderosa
que existe

a palavra permite que eu me conheça
conheça os protestos que moram em mim
conheça os pavores de que ainda não me livrei
reconheça se há valor naquilo que amei
conheça o que me sufoca e o que me sustenta
conheça os desvios e quando devo ficar atenta
reconheça que pra existir não preciso pedir licença
conheça o que brota no peito e o que deve ficar
reconheça pra quem e o quanto me doar

e principalmente
conheça os sinais
e as forças da natureza
durante a noite
se você fechar os olhos
e parar para escutar o vento
batendo no galho das árvores
vai ouvir correntes quebrando
e vozes misturadas
são elas, são elas sussurrando
em alto som
que somos mais livres do que nunca
então não podemos deixar de lado
a oportunidade
de conhecer
e ser
palavra
por elas
e pelas que
virão

às vezes
precisamos escutar
pra relembrar a nossa voz
eu me lembro bem
a primeira vez que vi uma mulher negra
declamar
nunca mais fui a mesma
pensei que nada intimida
as que carregam batalhas nos olhos
que somos muitas as que continuam
e que eu também poderia escrever poemas
pra chamar de lar

desde então
me escolhi
me acolhi
e nunca mais
andei só

SOBRE AS AUTORAS

ANNA SUAV, CRIA 092, natural de Manaus, Amazonas, mulher preta nortista com muito orgulho e axé! Artista, feminista, jornalista, fotógrafa, produtora cultural, MC, poeta, slammer, cantora, compositora, empreendedora e bruxa. Ativista dos movimentos hip-hop e negro. Filha de Navê, "da mesma água que mata a tua sede e outrora te afoga".

BELL PUÃ é Isabella Puente de Andrade, historiadora e poeta cabra da peste, nascida entre o mangue e o sol da cidade do Recife. Vencedora do Campeonato Nacional de Poesia Falada – Slam BR 2017, representante do Brasil na Poetry Slam World Cup 2018, em Paris, e convidada da programação principal da Flip 2018, integra o coletivo Slam das Minas PE. De libra, das nuvens, busca atropelar as fragilidades e fortalecer os afetos, compondo também o coletivo negro Afronte, desenvolvendo atividades de consciência racial em seu estado.

BOR BLUE é poeta marginal que fala sobre sua realidade contra o racismo, o machismo, LGBTfobia. Toca, canta e escreve, compõe músicas que falam de luta, resistência, sobrevivência, e toca carimbó porque acredita que seja uma herança cultural deixada por nossos ancestrais, índios, caboclos, negros. Acredita na arte como ferramenta de transformação nos espaços públicos como feiras, praças e coletivos de Belém. Sua missão é manter essa cultura viva e faz isso com muito amor.

CRISTAL ROCHA nasceu poesia em junho de 2002 e seu amor pelos versos só cresceu desde então. Foi a primeira campeã gaúcha a representar seu estado no Slam BR 2017. Lançou seu livro independente em 2018, *Quando o caso escurece*, com poesias e ilustrações autorais. Leva sua poesia em eventos como saraus, festivais literários, shows, participações em músicas, escolas e oficinas. É idealizadora e artista do coletivo Poetas Vivos.

DALL FARRA é estudante de Geografia na UFRJ, poeta, rapper e slammer de Duque de Caxias, Baixada Fluminense do Rio de Janeiro. Além disso, é integrante do coletivo Poetas Favelados e do coletivo Slam das Minas, que praticam ações poéticas em espaços públicos. Desde os quinze anos, Dall Farra aborda em músicas e poemas assuntos como a discriminação de gênero e classe.

DANIELLE ALMEIDA tem 23 anos, criada na periferia de Campo Grande, Mato Grosso do Sul, no bairro Moreninha. É poeta e atriz sempre que pode. Sua entrega para a escrita começou efetivamente há cinco anos e, desde então, não parou mais de fazer e viver a poesia, a arte. Teve experiências inesquecíveis com os movimentos de slam e diz que, com isso, sua alma de poeta só progrediu. Atualmente integra o coletivo Slam Camélias. *Poesia de um coração suburbano* é o nome que dá a seu fanzine, e através dele espalha suas poesias pela cidade, dessa forma sabendo que existe e resiste!

LAURA CONCEIÇÃO é MC e poeta nascida na região da Zona da Mata Mineira. Em 2017, Laura foi vice-campeã mineira de poesia falada, classificando-se para o Campeonato Brasileiro de Slam. Ainda em 2017, criou o projeto "Poesia na escola", por meio do qual leva poesia e sonhos para crianças e adolescentes. Atualmente, já realizou mais de 45 visitas aos colégios da cidade e região. Aos 22 anos, Laura se formou em Jornalismo pela Universidade Federal de Juiz de Fora e fundou o coletivo de poesia Duas. Ganhou as medalhas Rosa Cabinda e Geraldo Pereira em 2017.

LETÍCIA BRITO é poeta. Dedica-se à poesia falada (*spoken word/poetry slam*) e às microrrevoluções político-sociais em que a poesia incinera, afaga, afeta e transforma. No ano passado, representou o Brasil no Rio Poetry Slam, que reuniu doze poetas competidores de diferentes países e que acontece na Festa Literária das Periferias (Flup). Neste ano integra a banca avaliadora do Flup Poesia Preta; realizou oficina para os professores da rede Sesc nacional e participa do Arte da Palavra do Sesc nacional.

LUIZA ROMÃO é atriz, poeta e slammer. Leonina. Feminista. Formou-se em Artes Cênicas pela Universidade de São Paulo (USP). Publicou dois livros pelo selo DoBurro: *Sangria* (2017) e *Coquetel motolove* (2014). No teatro, passou por coletivos como: Núcleo Bartolomeu de Depoimentos, Cia Ato Reverso, Teatro Documentário e Turma 66/EAD. Adora cinema. Dirigiu e atuou nas séries audiovisuais *Sangria* e *Revide*.

LUZ RIBEIRO
Em tempos de redes sociais, Luz prefere pousar em redes de balanços e afetos, de maneira que Luz não possui uma base de seguidores estabelecida, Luz não sonha em ter seguidores, Luz sonha em ter sempre com quem seguir. Luz é coletiva: Poetas Ambulantes, Slam das Minas SP e Legítima Defesa. Autora dos livros (in)dependentes *Eterno contínuo* (2013) e *Espanca-estanca* (2017). Paulistana nascida no verão de 1988, Luz é: mar-mãe de Ben e filha-mar de Odoya.

MARIANA FELIX é escritora, slammer, apresentadora e militante feminista. Tem dois livros publicados de forma independente: *Mania* (2016) e *Vício* (2017), ambos com poesias, crônicas e dissertações sobre o empoderamento feminino, a relação da autora com a cidade e o amor. Faz parte do coletivo audiovisual composto apenas por mulheres Prosa Poética, além de integrar o espetáculo Samba Poética.

MEIMEI BASTOS nasceu em 1991, em Ceilândia, Distrito Federal. É escritora, poeta, atriz e arte-educadora formada em Artes Cênicas pela Universidade de Brasília. Atua em diversos movimentos sociais, promovendo saraus, slams, oficinas, debates, cineclubes e rodas de conversa especialmente direcionados à população negra e periférica. Premiada pela Secretaria de Estado e Cultura do Distrito Federal com o prêmio de Cultura e Cidadania, na categoria Equidade de Gênero. Em 2017, publicou seu primeiro livro, *Um verso e mei*, pela Editora Malê. Atualmente, coordena o Slam Q'brada.

MEL DUARTE (ORG.) nasceu na primavera de 1988 em São Paulo (SP) e teve seu primeiro encontro com a poesia aos 8 anos. É escritora, poeta, slammer, produtora cultural e integrante da coletiva Slam das Minas SP. Em 2016, foi destaque no sarau de abertura da Flip e a primeira mulher a vencer o Rio Poetry Slam. Em 2017, representou a literatura brasileira no Festilab Taag, em Luanda, Angola. É também autora dos livros *Fragmentos dispersos* (2013) e *Negra nua crua* (2016, Editora Ijumaa).

NEGAFYA, 22 anos, moradora do bairro da Sussuarana, Salvador, Bahia, poeta, MC, artista de rua, produtora cultural, ativista cultural, integrante do grupo de poesia Resistência Poética, idealizadora e produtora do Slam das Minas BA, vice-campeã brasileira de poesia falada (2016), vice-campeã Rio Poetry Slam-Campeonato Mundial de Poesia Falada, graduanda no curso de enfermagem e angocapoeirista. Artista de rua e poeta, durante a apresentação traz denúncias de violências como racismo, machismo e sexismo, além de ter como principais características a expressividade corporal e a linguagem de fácil entendimento do público em geral. Faz da poesia marginal os gritos pretos e femininos de liberdade, resistindo na diáspora africana enquanto ser que transforma a dor em luta.

ROBERTA ESTRELA D'ALVA é atriz, MC, diretora, pesquisadora e responsável pela chegada dos *poetry slams* (batalhas de poesia falada) ao Brasil. Membro-fundadora do Núcleo Bartolomeu de Depoimentos e do coletivo transdisciplinar Frente 3 de Fevereiro. Juntamente com Tatiana Lohmman, dirigiu o premiado documentário *SLAM – Voz de Levante*. Apresentadora do programa *Manos e minas*, na TV Cultura.

RYANE LEÃO é mulher preta, professora e poeta cuiabana que vive em São Paulo. Publica seus escritos na página *Onde jazz meu coração*, escreve em blogs e páginas autorais há mais de onze anos e recita seus poemas em saraus e slams da cidade. Seu trabalho é pautado na resistência das mulheres e focado na luta e no fortalecimento pela arte e pela educação. É filha de Oyá e venta forte no seu peito. *Tudo nela brilha e queima*, seu primeiro livro, publicado pela Editora Planeta em outubro de 2017, está na décima edição.

LEIA TAMBÉM:

livro de estreia de Ryane Leão, mulher negra, poeta e professora, criadora do projeto *onde jazz meu coração*, com mais de 150 mil seguidores nas redes.

a poesia é minha chance de ser eu mesma diante de um mundo que tanto me silencia. é minha vez de ser crua. minha arma de combate. nossa voz ecoada. nossa dor transformada. nela eu falo sobre amor, desapego, rotina, as cidades que nos atravessam, o coração desenfreado, a pulsação que guia as estradas, os recomeços, os dias, as noites, as madrugadas, os fins, os jeitos que a gente dá, as transições, os discos, os tropeços, as partidas, as contrapartidas, os pés firmes que insistem em voar, e tudo isso que é maluco e lindo e nos faz ser quem somos.

outros jeitos de usar a boca é um livro de poemas sobre a sobrevivência. sobre o amor, o sexo, o abuso, a perda, o trauma, a cura e a feminilidade.

o livro é dividido em quatro partes, e cada uma delas serve a um propósito diferente. lida com uma dor diferente. cura uma mágoa diferente.

outros jeitos de usar a boca transporta quem o lê em uma jornada por momentos amargos da vida e encontra uma forma de tirar delicadeza deles.

publicado inicialmente de forma independente por rupi kaur, poeta e artista plástica nascida na índia e que vive no canadá, o livro se tornou o maior fenômeno do gênero nos últimos anos nos estados unidos, com mais de 1 milhão de exemplares impressos.

da mesma autora de *outros jeitos de usar a boca,* best-seller com mais de 100 mil exemplares vendidos no brasil.

o que o sol faz com as flores é uma coletânea de poemas arrebatadores sobre crescimento e cura. ancestralidade e honrar as raízes. expatriação e o amadurecimento até encontrar um lar dentro de você.

organizado em cinco partes e ilustrado por rupi kaur, o livro percorre uma extraordinária jornada dividida em murchar, cair, enraizar, crescer, florescer. uma celebração do amor em todas as suas formas.

Acreditamos nos livros

Este livro foi composto em Mercury Text e impresso pela Gráfica Santa Marta para a Editora Planeta do Brasil em abril de 2019.